A SOMBRA DO MEIO-DIA

Sérgio Danese

A SOMBRA DO MEIO-DIA

Copyright © Sérgio Danese, 2003

Composição e Fotolitos
Eduardo Santos

Revisão
Miguel Barros

Capa
Adriana Moreno

Todos os direitos reservados pela
TOPBOOKS EDITORA E DISTRIBUIDORA DE LIVROS LTDA.
Rua Visconde de Inhaúma, 58 / gr. 203 — Rio de Janeiro — RJ
CEP: 20091-000 Telefax: (21) 2233-8718 e 2283-1039
topbooks@topbooks.com.br

Impresso no Brasil

SUMÁRIO

Primeira parte 11
Segunda parte 43
Terceira parte 73
Quarta parte 105
Final 141

Para a Angela, o Marcos e o Lucas

"Mon ami, quand on veut arriver,
des chevaux de poste et la grande route".

Laclos, *Les liaisons dangereuses*

"Aprended, flores, en mí
Lo que va de ayer a hoy,
Que ayer maravilla fui
Y sombra mía aún no soy".

Góngora, *Letrilla LIV*

"Il sera difficile qu'il s'élève des génies nouveaux, à moins que d'autres moeurs, une autre sorte de gouvernement, ne donnent un tour nouveau aux esprits".

Voltaire

PRIMEIRA PARTE

— I —

Esta história começa quando o Senador apareceu na minha frente. Isso simplifica e encurta as coisas e poupa explicações tão demoradas quanto inúteis. Ele era o principal proprietário do conglomerado que um dia comprou o controle da minha agência de propaganda, que tinha a conta de algumas das suas empresas e do seu banco de investimentos. Digo "minha agência" não porque ela me pertencesse, nem muito menos, mas porque eu trabalhava ali como redator publicitário e a sentia então como parte da minha própria identidade. O Senador tinha vindo apresentar-se na "minha agência" e conhecer pessoalmente a nova propriedade, de que simbolicamente, com um gosto indescritível, tomava posse naquela visita, depois de assumir o comando de mais aquela empresa, semanas antes.

A mudança tinha trazido pouca alteração na rotina de trabalho ou na equipe cada vez mais numerosa que fazia a agência funcionar. Era uma agência sólida e renomada, ganhadora de muitos prêmios; tinha prestígio em todo o país e clientes de primeira – multinacionais e grandes empresas nacionais, sem falar no vai-da-valsa das contas governamentais, de que muitas vezes me ocupei, escrevendo textos insossos de publicidade oficial, informes, encartes, aquelas coisas. Toda a diretoria e os acionistas tinham longa amizade com o Senador, desde muito antes de ele se interessar também pela publicidade.

Eu, porém, não o conhecia pessoalmente; sabia quem ele era, naturalmente, porque, quando votei pela primeira vez, em uma de tantas eleições meio de fachada daqueles tempos, votei um pouco contra ele, contra o seu partido de opereta e contra aquele rançoso ar de "aristocrata" de província rica, que fazia ferver em mim o sangue dos antepassados imigrantes. Tinha sido um gesto intuitivo; talvez um modismo. Votei daquele modo, como tanta gente, certo de estar dando ao meu voto o único uso possível, uma espécie de protesto, mesmo que vago e difuso, passageiro. De qualquer maneira, poucos anos depois o Senador mudaria de partido e se confundiria na vida política, passageiro da índole generosa do eleitorado.

Era um homem elegante, bem vestido, mas sem coisa alguma digna de maior nota, não fossem a capacidade de acumular dinheiro e o gosto quase obsessivo pela vida política de então – um gosto que o forçava, ao menos na retórica, a distanciar-se da indiferença dos poderosos pelo restante do mundo e da vida. Senador governista, era poderoso sobretudo pela competente capacidade de amealhar apoios ao General-Presidente graças aos favores públicos e privados que podia distribuir. De retórica provinciana e antiquada, mas que devia ser eficiente, o homenzinho alimentava grandes expectativas na vida pública, e tinha razão: naquele momento, sua ambição parecia ser o seu único limite. Praticava um comedido mecenismo, que lhe rendia notas generosas em colunas sociais, às vezes uma linha numa ou noutra matéria cultural, e não disfarçava suas pretensões eleitorais, cuidadosamente cultivadas para o dia, pouco plausível então, em que se voltasse a falar em eleições para escolher o Presidente da República ou os Governadores de Estado. Talvez por isso estivesse agora se envolvendo diretamente com uma agência de publicidade. Mais enrugado e de menor porte do que faziam crer suas imagens na imprensa e na televisão, recendia a perfume e loção e parecia um pouco maquiado para ressaltar sua cor natural, mas talvez fosse apenas impressão minha. *Ecce homo.*

Soube então que uma coisa era desprezar uma figura ausente e simbólica; outra, tê-lo na minha frente, em cordial visita de relações públicas, chamando-me afetuosamente sem errar na pronúncia do meu inverossímil sobrenome italiano, que pode ser escrito com vinte grafias diferentes para a mesma cadeia sonora do nome correto, o sorriso amável no rosto, a mão estendida, amizade no olhar, interesse nas perguntas que faz e, para culminar, como último recurso, *ultima ratio regis,* o elogio – aquele elogio que podia ter sido sugerido em cochicho por um auxiliar dez segundos antes de ele passar pela minha porta, exatamente como se faz desde sempre nas campanhas eleitorais, para tocar o interlocutor no ponto mais fraco, seqüestrando as suas reações, paralisando-o de remorso, fazendo-o balançar e abrir a guarda, pisoteando a terra fofa dos próprios valores e convicções mais íntimas para fazer brotar, viçosa, daquele espírito conquistado, a ferramenta por excelência da dominação: a gratidão pelo gesto inesperado, pela palavra, talvez, no fundo, imerecida.

"O pessoal já me disse que quem entende de escrever aqui é você", fui logo ouvindo, "tudo perfeito, rápido, com conteúdo, com alma", enquanto eu ia corando, "vê-se que conhece Literatura, mas vai além dela", um pouco desconcertado a princípio, "uma agilidade que deixa os seus chefes embasbacados", mais à vontade à medida que os comentários avançavam, "eu também gosto de escrever", tomando interesse sincero pelas palavras que eu escutava, "mas não tenho tempo, nem é esse o meu trabalho, ao contrário de você", com uma admiração que ia crescendo, "eu na verdade *lhe* invejo, porque o meu trabalho não me deixa tempo para os discursos, que é *o* que eu mais gosto", e afinal plenamente convencido da sinceridade das palavras que eu ouvia e do acerto do ditame sobre a minha competência e a minha sensibilidade, "aposto que um dia você larga isto tudo e vira um escritor de verdade". Fui conquista fácil.

Ficamos ali mesmo grandes amigos, mais eu dele do que ele de mim. Esta é a amizade com que se comprazem os poderosos, pensei. Mas não deixava de ser amizade. E, enquanto o Diretor de Criação me batia no ombro com um olhar de aprovação e cumplicidade, fiquei contemplando orgulhoso o Senador sair da minha sala, após trocar mais algumas frases comigo, e dirigir-se a outros colegas. Para todos, uma palavra amável, "bom dia", um gesto simpático, "muito prazer", um incentivo, "agora vamos arregaçar as mangas juntos", uma lembrança do seu melhor estilo político, "não entendo nada de publicidade, mas nós vamos formar uma equipe ainda melhor do que vocês já são", uma demonstração de suave autoridade, "por que você não muda esta chamada para o canto de cá?", um afago coletivo, "gosto tanto deste lugar que acho que eu vou mudar o meu escritório de campanha para cá", e assim por diante.

Quando sumiu pela porta do elevador que o levou para os luxuosos escritórios da Presidência, ficamos conversando e trocando impressões favoráveis sobre aquele homem que, de um modo novo, sem ser pelo intermédio dos diretores ou do presidente e vice-presidentes da agência, materializava no nosso ambiente de trabalho o próprio poder que emana da propriedade e que governa o universo dos pequenos mundos em que se divide infinitamente a nossa civilização material, a nossa pequena história do quotidiano.

— II —

Não se passaram dois dias, e um sujeito de terno e colete, bastante jovem, mas empertigado, com intolerável cara de almofadinha, entrou pela minha sala adentro, sem bater, dizendo que gostaria de falar comigo. O terno com colete chamou a minha atenção porque nós nos vestíamos, ali naquele andar e nos andares de baixo, de maneira bastante informal, muitos de *jeans*, outros, como eu, de modo mais apurado, mas nada que chegasse nem perto de um *blazer*, quando muito os invariáveis pulôveres de *cashmere* ou lã sintética que, no inverno, muitos na minha cidade usam jogados sobre os ombros e que os adolescentes amarram na cintura, deixando um saiote por trás, para o caso mais do que provável de que o tempo mude e no mesmo dia desfilem, em desordenada e telúrica parada, as quatro estações do ano.

Como para deixar claro que a linguagem da sua roupa não admitia ambigüidades, o sujeito-do-terno-com-colete foi antipático, mas direto. Disse que era o secretário particular do Senador e que falava em nome do seu chefe, que eu conhecera dias antes, como naturalmente eu recordaria, e cujas impressões sobre o meu trabalho eu mesmo ouvira "da boca de Sua Excelência em pessoa", em um "raro derrame de elogios".

Pois bem, o Senador, precisamente, tinha ouvido referências do meu trabalho, quando inquiriu sobre a possibilidade de conseguir ali mesmo na agência alguém que o ajudasse com alguns textos, fora do horário do expediente, coisas simples, que o próprio Senador, cioso do que assinava e pronunciava, se encarregaria de rever e retocar para dar-lhes o acento muito pessoal de que não abria mão etc., etc. Na verdade, ele precisava de alguém que lhe fizesse "esboços", principalmente de discursos mais genéricos, porque os pronunciamentos de natureza técnica eram muito bem preparados pela assessoria de que dispunha no gabinete, no Congresso Federal, e pelos incontáveis assessores de que se cercava nas suas numerosas empresas e na Fundação Cultural ligada ao conglomerado. Assunto confidencial, claro.

Foi o que o sujeito disse, e eu ouvi, calado.

Ele estranhou o meu silêncio, como se esperasse de mim uma reação eufórica. Empenhou-se mais dois ou três minutos em explicar do que se tratava, esclareceu que se podia considerar aquele um trabalho de caráter esporádico, insinuou que a oferta era uma grande honra e deixou muito claro que, dado que não se aventava a possibilidade de eu recusar, o Senador deixava-me à vontade para começar assim que eu quisesse, desde que fosse antes do fim daquela semana. Não era preciso teste, entrevista, nada. Os testemunhos a meu respeito e uma rápida passada de olhos por textos que me foram atribuídos, lá em cima, inclusive algumas peças publicitárias das empresas do próprio Senador, eram suficientes para comprovar que eu era o tipo ideal.

"Você tem sorte", acrescentou o sujeito, por quem imediatamente passei a sentir um misto de ódio e de desprezo. "Trabalhando diretamente com o Senador a sua carreira está feita; ele é um homem agradecido, sabe apreciar o valor de cada um dos seus colaboradores e é capaz de colocar você no *grand monde*" (assim mesmo, em francês, com sotaque). "Vamos trabalhar juntos", concluiu, enquanto eu me apoiava na mesa, perplexo, odiando-me por ter acordado naquele dia, infeliz por ter de tomar uma decisão e mais infeliz ainda por saber de antemão que ela já estava tomada por mim.

"*Ghost writer?*", perguntei, sem saber se a expressão era uma referência pejorativa ou simplesmente um termo técnico, corrente no vocabulário da política e do mundo dos negócios, quando não na esfera das Artes e do Ensaio, mais pessoais, mas não por isso menos liberais na atribuição de autorias.

"Rá, rá, rá", riu ele, parecendo-me um idiota, "*yo no creo en ghost writers, pero que los hay, los hay!*", brincou, com um sotaque horrível, selando o meu destino.

Quase imobilizado pela perplexidade, minha reação foi tentar descobrir em que momento eu baixara a guarda e permitira que aquilo acontecesse. Fiquei assim, desconsolado, depois da saída do sujeito-do-terno-com-colete, até o Diretor de Criação vir dar-me o seu "abraço confidencial", como ele amigavelmente cochichou, e parabéns pelo reconhecimento implícito no "convite", que significava que eu podia sonhar com alturas jamais imaginadas na agência, na vida social e mesmo na política.

"Foda-se, você e o seu abraço", eu disse, errando na concordância do verbo e abrindo uma exceção raríssima no meu vocabulário em que jamais entravam palavrões. Pedi desculpas em seguida, desmanchando-me num riso fingido, para mostrar que a minha reação havia sido mero achaque de nervosismo compreensível.

O Diretor me deu uns conselhos, mais tapinhas nas costas, fez-me um olhar de cumplicidade e se foi pelo elevador, deixando-me no meio da soçobra que começava a me envolver. Foi-se, mas não sem antes recomendar que eu apressasse o texto final da promoção anual de verão das Casas do Norte, agora que uns gringos haviam comprado a gigantesca empresa e o pessoal do *marketing* estava mais exigente com prazos e minúcias – que nos acostumáramos a desprezar pela certeza de que o cliente no final sempre acabava satisfeito com as nossas campanhas publicitárias, que fariam a delícia de qualquer advogado especializado em direitos do consumidor.

Logo, porém, conformado com o destino com uma rapidez que me causaria embaraços mais tarde, e acreditando, como desculpa íntima, que seria injustiça eu me queixar da existência, quando ela me compensava com ofertas generosas os inegáveis percalços dos amores impossíveis e dos devaneios mal enjambrados, resolvi assumir prontamente a minha nova condição. Exatamente o que tinha feito em outros momentos da existência, quando troquei sonhos cuidadosamente embalados por certezas mesquinhas, que sempre justifiquei com racionalizações calhordas.

Com desculpas por ter ficado retido pela conclusão apressada da campanha da rede de lojas de tecido, apresentei-me dois dias depois no escritório do Senador – prédio de mármore, daqueles antigos, coroado de pombos, em uma das ruas estreitas do centro da cidade, a parte mais imponente do nosso arremedo de *city* londrina, que combinava alegremente com as feiras populares do Norte, em uma festa de sincretismos visuais e uma orgia de cheiros e sons.

Para ir ao centro, tive de pedir licença na agência, que ficava em uma das avenidas novas que copiavam a *Park Avenue* – até no detalhe dos mendigos andrajosos que, cada vez mais, levavam aos nova-iorquinos um gosto de mundo subdesenvolvido. Estava certo de que teria de inventar alguma desculpa para justificar a minha ausência, mas o Diretor de Criação mandou-me num carro-com-chofer da Diretoria. Era um daqueles carrões já fora de moda que os gringos produziam aqui com prensas antigas, ferro de sucata e mecânica que já era obsoleta vinte anos antes, mas nem por isso menos imponente na cor negra brilhante, combinada com uma profusão de frisos de cromo, e que impressionava uns poucos basbaques que, com curiosidade indiferente, olhavam da calçada, pela janelinha, para ver-me, sentado no carro, envergonhado e encolhido a princípio, mas depois mais à vontade, já começando a gostar de luxos jamais antecipados sequer em sonhos de criança.

A facilidade com que tudo acontecia parecia falar de uma conjura de cumplicidades para tornar irredutível o meu destino. Até a secretária solícita que me recebeu com um bonito sorriso pareceu anunciar novos atrativos de abismo.

"Está aqui o rapaz dos discursos", foi dizendo o mesmo sujeito-do-terno-com-colete, com voz displicente, que imediatamente alterou quando percebeu o modo cerimonioso, pleno de atenções, mas amistoso, com que o Senador me recebeu, tratando-me por *senhor* e pedindo que nos deixassem a sós e acendessem a luz vermelha sobre a porta, do lado de fora. E começou uma conversa, quase um monólogo, muito objetivo e prático, sobre o tipo de trabalho que esperava de mim.

Quis dar-me a impressão de que, de fato, era coisa simples: queria que eu escrevesse os seus pronunciamentos não apenas no plenário do Congresso Federal e em duas das mais importantes Comissões de que era membro, cabalando votos para o Governo, mas também na Câmara da Indústria e Comércio, na Associação de Bancos e em alguns eventos especiais, como inaugurações de creches, escolas, pontes e hospitais, a que ele tinha de comparecer na sua condição de Senador e benemérito do Estado. Fez questão de ressalvar, porém, que os discursos de campanha eleitoral não seriam naturalmente parte dessa atribuição, porque preferia fazê-los de improviso, ao calor do palanque e no vai-da-valsa dos comícios, quando o que contava mais era a capacidade de gesticular muito e gritar lugares-comuns pelo microfone, depois de sentir as inclinações da audiência no momento, do que frases bonitas e textos com estrutura, plano em três partes e sonoridade, como ele gostava que fossem os seus. Além disso, reconheceu, a última eleição para o Senado Nacional tinha sido há pouco e ainda faltava tempo para a próxima, enquanto as eleições para governador, que ele confidenciou ter a intenção de disputar, se faziam ainda no ambiente "menos democrático mas certamente mais seleto" do Colégio Eleitoral estadual, onde se dispensavam falatórios e exigia-se trabalho mais esperto de conquista de votos, adesões, apoio financeiro e troca de favores.

Quando lhe perguntei pelo gabinete no Congresso e pelos seus assessores, o Senador me olhou de esguelha, com ironia, e fez um gesto de enfado, que preferi não interpretar, aterrorizado com o que poderia significar em matéria de trabalho extra para mim. Para concluir, enquanto se levantava e, com um ar *blasé* que eu inutilmente procuraria imitar mais tarde, me acompanhava até a porta, lembrou que a maneira de trabalhar era muito simples e informal: a sua secretária – "aquela mesma", acrescentou, provavelmente percebendo certo rubor traiçoeiro na minha face –, ou o homem do coletinho, ou um outro a que se referiu como o Doutor Fulano, entraria em contato comigo para descrever o evento ou assunto objeto do discurso ou texto solicitado, mandaria pelo *office boy* algum subsídio escrito e me indicaria o prazo. O resto seria atribuição inteiramente minha; eu teria liberdade integral para escrever o que quisesse, desde que o escrito tivesse a qualidade que me tinha valido tantos elogios.

"Faça de conta que é você quem vai discursar", bateu-me com a palma da mão no meio das costas, "diga exatamente aquilo que você diria se estivesse no meu lugar", falou com um tom persuasivo e maroto, "assuma a minha personalidade", concluiu. Vacilei por um segundo, até compreender bem o que ele acabava de dizer.

Vi que o fato de ele me acompanhar até o elevador, esperando, condescendente, os dois ou três segundos de que precisei para dizer "até logo" à secretária – que me respondeu com outro sorriso –, foi suficiente para o sujeito-do-terno-com-colete acabar de mudar de uma vez a maneira mais informal e superior com que me tratara antes. O Senador despediu-se de mim, com um aperto de mão que me deixou recendendo a perfume caro, mas não por isso agradável, e regressou à sua sala, em cuja porta já esperavam, solícitos, o seu secretário particular e dois ou três outros sujeitos que o cumprimentaram cerimoniosamente.

Meio atordoado, entrei no elevador, que primeiro subiu, em vez de descer, e depois parou de novo no mesmo andar, abrindo e fechando a porta e mostrando-me outra vez a secretária, que me deu um adeusinho cheio de surpresa e picardia, e cheguei finalmente ao térreo.

Desorientado, enfiei-me a andar pela rua, que tinha um daqueles nomes inconfundíveis de rua-do-centro – Rua do Comércio, Rua Direita, Rua da Quitanda, Rua São Bento, Rua dos Ourives – e que me entrou pela lembrança com os mesmos ares e cheiros de quando, pequeno, eu vinha por ali, nas manhãs de sábado, pela mão do meu pai, depois de uma passada pelo barbeiro do Sindicato dos ***, para olhar vitrinas que pareciam miragens, com os seus produtos importados, ou para comprar frutas das bancas coloridas que exibiam, em apetitosa convivência, ameixas carnosas e aristocráticos pêssegos chilenos, maçãs argentinas, uvas do Rio Grande, mangas perfumadas, geométricas carambolas, mamões generosos, abacaxis compridos de coroa e polpa translúcida, graviolas orgulhosas, tamarindos exóticos, frutas-do-conde empertigadas, tâmaras da Califórnia, sapotis do Norte, melões espanhóis, melancias listradas, nêsperas enxertadas dos japoneses, laranjas-lima adocicadas, atarracados caquis de meia libra, pêras d'água douradas, figos pingo-de-mel e toda aquela fartura que combinava as bonanças das terras temperadas da América com a generosidade desperdiçada e abundante dos trópicos, em um mundo de aromas que me faziam dar pulos de alegria inocente e ter água na boca, antecipando até mesmo o sabor mais simples das jabuticabas suculentas e negras que acabávamos comprando, estupendas, depois de pesadas, dentro do seu saquinho de papel marrom que exibia, simpático, o eterno "muito obrigado-volte outra vez" – uma das maravilhas lingüísticas do pequeno comércio varejista da minha cidade.

Não fosse o chofer de uniforme, que correu atrás de mim, chamando-me respeitosamente de volta à realidade, eu teria atravessado o centro, perdido em divagações, acreditando que o tempo parara à espera de que me recobrasse daquela visita. Deixei passar um momento de hesitação, pus a cara entre séria e divertida de quem acaba de obter um êxito merecido, tomei o carro negro, afundei-me confortavelmente no banco traseiro, pedi ao motorista que ligasse o ar condicionado e voltei para a minha agência.

Havia-me esquecido de perguntar o que aquilo tudo representava em matéria salarial, mas depois pensei que era idiota, pois aquele era um pormenor que decorreria naturalmente da nova situação, e levantá-lo durante a conversa de substância que tivera com o Senador teria sido indicação de falta de sensibilidade e de bom tom. Tomei o elevador e, quando cheguei ao meu andar, fui cumprimentado por dois ou três colegas, nos quais suspeitei ver um gesto de cumplicidade ou uma ponta de inveja ou rancor, não sei bem. Por isso, assustado, entrei na minha sala, tranquei a porta e pedi à secretária para não ser incomodado. Sentei-me à mesa, com o olhar um pouco perdido, comovi-me e chorei. Pouco, mas chorei, e sentido, já sem saber bem por quê.

Quando o telefone tocou, e do outro lado da linha ouvi a voz da secretária loira do sorriso passando-me parâmetros para o meu primeiro trabalho de *ghost writer* – "Escreve um discurso aí..." –, achei, com razão, que estava despertando para um outro mundo. Anotei com entusiasmo os escassos dados circunstanciais que ela me transmitiu, convidei-a para jantar, organizei um plano, andei um pouco para lá e para cá, parei em frente à janela com o olhar perdido, como era o meu hábito enquanto esperava uma iluminação, e duas horas depois de terminado o expediente estava pronto o meu primeiro discurso, que já me enchia de orgulho pela sonoridade das frases e pela agradável sensação de liberdade oratória que me dava, sem o constrangimento espacial dos *layouts*, das fotografias, das chamadas, dos gráficos, das ilustrações, de toda aquela parafernália do Mundo das Imagens que fazia a alma da publicidade e deslocava os meus textos para uma posição ancilar, menor, em que as palavras, na sua linearidade ancestral, disputavam espaço e tempo com as maravilhas em duas e três dimensões das artes gráficas e visuais, em uma competição desigual e desafortunada, outro de tantos jogos de cartas marcadas. Com os discursos, eu voltava, ainda que não em tempo integral, ao domínio por excelência da palavra, da palavra absoluta, sem compromisso com nada que não fosse a estética da oratória, a perfeição da cadeia sonora, a coerência interna – a verossimilhança – do texto. Não importava se fosse ficção ou discurso político o que eu estava criando. Achei que estava com a vida ganha, e de fato estava, se fosse para pensar assim. Não era mais feliz por isso, contudo.

— III —

Comecei por escrever alguns discursos menores e os textos de umas intervenções que o Senador fazia na Câmara da Indústria e do Comércio e na Associação de Bancos. Percebi logo de início que eu não era o único a fazer as tarefas de fantasma do homem, ao contrário do que me haviam insinuado. Tive, porém, a prudência de não perguntar nada, certo não só de que não obteria a resposta correta mas também de que na verdade aquilo não me importava. Já tinha ocupação de sobra com a minha quota adicional de textos de oratória em um momento em que o trabalho da agência, acelerado pela mudança de controle acionário, havia quase que dobrado, retendo-nos dias a fio pela noite adentro, discutindo campanhas, brigando por causa de idéias menores, marcadas de efemeridade, e pouco a pouco tendo de acostumar-nos ao ditame que às vezes vinha de cima, alguns diziam que do próprio Senador, encerrando as nossas discussões acaloradas e criando um clima diverso na agência, de mais eficiência, mas de criatividade prudente e suspeitosa e, portanto, de menos entusiasmo.

Passou logo, contudo, o gosto de me exercitar sobre temas variados, que me impunham a realidade do país, travestida pelo cinismo e pela demagogia inconseqüentes, por uma visão social distanciada e indiferente, e o trabalho de redator de discursos entrou também na monotonia própria de toda rotina. A publicidade me dava o outro lado dessa mesma visão do mundo, e eu vivia assim entre a anestesia da retórica populista e fácil, em que eu me ia tornando exímio porque toda linguagem se aprende, e a ideologia pura e simples do consumo que exalava das nossas primorosas peças de propaganda, filmetes de televisão e até *jingles* de rádio, que faziam da nossa agência, em permanente expansão, o arremedo de um alegre polvo cujos tentáculos iam suavemente, lentamente, em um ondulante movimento de persuasão, acariciando e aprisionando vontades reais e inventadas. Enquanto isso, a economia crescia, fervilhava o comércio de bugigangas, ampliava-se a oferta de serviços e o consumo desbordava com o surgimento diário de novos e inusitados artigos nunca antes necessitados, a provocar a cupidez dos iluminados pelas novas verdades que saíam da nossa criatividade.

Dividi-me entre aqueles dois mundos igualmente ilusórios, e cada qual a seu modo criando, como na Literatura mais ousada, a sua própria verossimilhança. Considerava-me, com algo de dolorida ironia e uma ponta de tristeza, um homem completo, pleno de preocupações estéticas na promoção dos meus produtos e serviços, repleto de consciência social e bem intencionada retórica política em minhas pequenas peças de oratória embusteira. Um artista da palavra.

Agitado por aquela sua vida múltipla que fazia questão de viver com toda a intensidade e gosto pelo poder, o Senador parecia cada vez mais satisfeito com os textos que eu produzia, quase sempre intermediados pelo sujeito-do-terno-com-colete, que, não contente em me passar instruções sempre sumárias e vagas, agora me tratava como o amigo que eu nunca seria e me convidava para festinhas *yuppie*, repletas de mulheres bonitas, à beira da piscina do prédio de apartamentos de luxo onde ele morava. Alguns meses depois de iniciado o trabalho, porém, notei que algo havia mudado. O próprio Senador passou a me chamar pessoalmente, primeiro através da secretária, com quem eu já havia conseguido ter um caso rápido e sem importância, depois diretamente, do escritório, pela linha ligada a um ridículo aparelho vermelho, ou de casa, ou de onde estivesse, a qualquer hora.

Já não era mais só para encomendar os meus discursos – que eu já fazia com segurança, com desprezo, com desinteresse, sem nunca reler os textos, repetindo imagens, fórmulas, frases, parágrafos inteiros de outros, certo da impunidade garantida pela indiferença das platéias e pelo pouco caso com que no fundo os tratava o Senador, aceitando tudo o que eu propunha, até mesmo as imagens e torneados mais forçados e infelizes, as propostas mais audaciosas e vazias. O Senador agora já me chamava também para pedir opinião sobre assuntos que eu sinceramente desconhecia, porém a respeito dos quais, nem por isso, deixava de dar um palpite qualquer, cercado de reservas, com muitos matizes de precaução covarde e frases cheias de condicionais, que ele sempre acatava ou fingia que acatava.

Um ano depois, percebi, com indisfarçada satisfação, que todos os discursos que ele fazia já eram redigidos por mim e que eu passara a fazer parte do reduzido número de pessoas que entravam sozinhas com ele no seu imenso escritório e eram confidentes de planos, comentários picantes ou desabafos, ou então cumpriam, em um ritual, com a obrigação de escutar as divagações que ele fazia no intervalo das decisões e dos compromissos importantes que compunham a sua movimentada agenda de político clientelista e empresário de grande envergadura. Achei que ele acabara sentindo, de alguma forma, uma certa amizade por mim, invertendo, para algum constrangimento meu, aquele desequilíbrio do princípio, apesar de que ele sabia muito bem separar, de um lado, a descontração que por momentos se permitia por causa dessa amizade e, de outro, a seriedade e sobretudo a presteza que exigia dos auxiliares diretos que ele pagava generosamente.

Pouco depois de entrado o segundo ano de trabalho com ele, fui promovido a Diretor de Redação da agência, deleguei boa parte do meu trabalho de criação bruta de textos e *slogans* a antigos companheiros da equipe de redação, reservando para mim algum texto mais interessante por algo de desafiador ou de inventivo que pudesse conter, e passei a me dedicar ao trabalho de supervisão, enquanto concentrava toda a força da minha criatividade subalterna na tarefa cada vez mais colossal que era redigir tudo, absolutamente tudo o que o Senador escrevia ou lia, da correspondência particular aos eternos e repetitivos pronunciamentos, discursos de circunstância, conferências, artigos de jornal e intervenções no Plenário, previamente preparadas para parecerem improvisos brilhantes exigidos pelas suas ocupações político-legislativas. O Senador, naquele momento, era cotado para ser Ministro de uma pasta da área social, subitamente desocupada por um tecnocrata caído em desgraça.

Já naquela altura eu saía de vez em quando com uma deliciosa sobrinha do Senador, vestia sempre impecáveis ternos escuros com camisas de algodão importado e só não havia acompanhado o meu patrão a uma das suas numerosas audiências com o General-Presidente porque o ajudante-de-ordens teve de cancelar toda a agenda do dia em que o acompanhei à Capital, onde passamos uma tarde à toa, à espera de que o bimotor particular do Senador passasse por um reparo imprevisto. (O Senador acabou preferindo aproveitar a carona no jatinho de um grande empreiteiro, que havíamos encontrado na ante-sala do Presidente, e cochichou com ele durante todo o vôo, em animada conversa de pé-de-ouvido, enquanto eu lançava desavergonhados olhares de concupiscência unilateral a uma entediada acompanhante do empresário, uma secretária, presumi, ou uma moça de aluguel.)

Aliás, poucas vezes eu havia visto o Senador ler, com a sua voz impostada e entonação antiquada, os discursos que eu lhe preparava. Quando ele tomou posse no tal Ministério, nomeado finalmente, depois de muitas idas e vindas, telefonemas e conluios, e se projetou como uma figura nacional dentro do esquema íntimo de poder do General-Presidente, pude pela primeira vez apreciar de perto a forma pela qual, abstraindo-me, eu havia virtualmente encarnado a figura do homem ao fazer-lhe as vezes de consciência e voz. O seu discurso saiu inteiro nos principais jornais do dia seguinte, ao lado do breve improviso com que o Presidente o saudou, entre uma tragada e outra do cigarro que parecia estar permanentemente aceso nos seus dedos já esquálidos e trêmulos, manchados de nicotina. Até o jornal das oito da noite na televisão deu uma nota longa, ilustrada com um trecho do *meu* discurso.

Depois de ser muito aplaudido, de dar entrevistas, reiterando a promessa de "continuidade com renovação" e de uma "firme disposição de resgatar, pela obra daquele importante Ministério que encarnava a vocação social do Governo, a dívida contraída pela sociedade junto aos seus pequenos" (conforme havia dito no discurso), e de apertar muitas mãos, distribuir abraços, dar sorrisos, prodigalizar tapinhas nas costas, agradecer uma e mil vezes os elogios mais ou menos sinceros, mas todos atenciosos, que lhe dirigiam, o velho ainda teve uma palavra amável para mim, referindo-se ao longo discurso com que ao menos em aparência ele empolgara aquela multidão de bajuladores e comensais do poder. Ele usou um plural que sabia não ser nada majestático, "Fizemos bonito, hein?", uma cumplicidade no olhar, "Viu como o Presidente sacudiu a cabeça várias vezes em sinal de aprovação?", com um gesto pícaro que misturava orgulho e ironia, "Vamos longe, meu caro, longe", e um debochado cinismo, "Acho que eu disse o que todos esperavam ouvir, não é?", em uma entrega de sinceridade e afeto que acabou por me fazer admirá-lo com uma disposição nova, "cuidado com essa gente, muito cuidado".

Surpreendido mais uma vez pelo caráter desencontrado dos meus sentimentos, obriguei-me a pender para um dos lados, porque não tolerava a sabedoria que tantas vezes se esconde por trás de certas ambigüidades, e decidi que o velho ia mesmo longe, exatamente aonde não sabia, mas certamente longe, e quem sabe eu com ele, já que tinha chegado até ali.

De fato, o apego do Senador ao meu trabalho e a mim foi tanto que ele quis ter-me mais perto todo o tempo e me ofereceu acompanhá-lo no Ministério, como Secretário Particular ou Chefe de Gabinete, o que eu quisesse. Bastava viajar entre a capital e a minha cidade no mesmo avião que levaria o Ministro às terças e o traria de volta às quintas, segundo uma das rotinas da época, desenhada para que a cúpula do poder não se entediasse na modorra da Capital Federal nos fins de semana. Ponderei que o cargo de Chefe de Gabinete deveria ficar com alguém que tivesse alguma familiaridade com o Ministério e com a própria Administração Federal, enquanto o de Secretário Particular poderia perfeitamente continuar a ser preenchido, nas suas atribuições menores e de um servilismo pouco intelectual (não o disse dessa forma), pelo sujeito-do-terno-com-colete, liberando-me para tarefas mais afetas à minha especialidade de criar textos e com eles inventar mundos novos de promessas insinceras e fatos fingidos, acumulando tudo isso com a publicidade, que continuava a ser a minha atividade central (ao menos, era o que eu pensava).

Na verdade, eu queria evitar que o excesso de entusiasmo do Ministro-Senador por mim se traduzisse no meu afastamento da atividade de escrever, à qual eu me apegava não mais por qualquer veleidade das que me haviam animado no passado, mas porque aquela atividade era a única que me podia manter a salvo de investidas que procurassem, como tantas vezes, derrubar-me da posição vantajosa que eu já havia alcançado na agência.

— IV —

Em algumas conversas mais demoradas com o Senador, nos intervalos em que, preso em seu escritório, aguardava com ele uma chamada ou a chegada de alguma visita, fazendo-lhe companhia, percebi nele resquícios de certa cultura humanística, disfarçada, sem muito esforço, aliás, atrás de um frio pragmatismo. Ele tinha também alguma noção de Literatura, sobretudo a mais conhecida, aquela dos nomes que são uma unanimidade. Conhecia até a obra de Balzac, e não apenas os grandes romances, mas também alguns títulos menores da *Comédia Humana*, e sobre isso conversamos um par de vezes, com indisfarçado gosto de ambos.

Ele me falou também, em tom de confidência, de algumas poesias que escrevera na juventude. Um dia recordou a promessa, feita à filha ainda pequena, e nunca cumprida, de escrever uma historinha infantil que ela pudesse guardar pela vida inteira para ler mais tarde para os seus netos. Dessa vez, ele se emocionou e suspendeu a conversa, mas desde então nunca deixou de me chamar de vez em quando para prosseguir aquela espécie de monólogo que cada vez mais entremeava de confidências, e que me foram dando o lugar de confiança que acabei por conquistar no seu coração.

Creio que essa espécie de espaço mínimo de identidade que nós fomos imperceptivelmente criando ajudou-me na minha tarefa de escritor-fantasma do Senador-Ministro. Cada vez mais solicitado a escrever-lhe textos que às vezes me pareciam implausíveis se não fossem ao menos parcialmente escritos pela própria mão de quem os lê ou assina, tal a responsabilidade que implicavam, eu me sumia na mais completa abstração da minha própria personalidade, anulava as minhas vontades, fazia pouco dos meus valores mais arraigados, para assumir a ficção da identidade do meu patrão, alienando com uma indiferença terrível fórmulas, conceitos e expressões de minha própria invenção, que me dariam orgulho se pudesse publicá-los com o meu nome. Não adiantava ironizar ou fazer sarcasmo, chamando-o no íntimo de "o meu porta-voz", nem pensar com tristeza e solidão que eu havia simplesmente chegado à circunstância, particular para qualquer romancista, de ter não de criar personagens e nelas projetar traços recônditos e formas de ser e de pensar, mas de simular que eu mesmo, de dentro do meu próprio mundo de ficção e impostura, qual arremedo mal enjambrado de personagem de Pirandello, tinha de inventar o meu próprio autor, dando-lhe vida, coerência e sentido. Mais uma vez o meu destino parecia inverter os mecanismos naturais que movimentam o mundo para pôr-me à prova, acenando-me não sei bem com que recompensas no caso pouco provável do meu êxito.

Muitas vezes eu teorizava, dizendo-me em horas de solitária reflexão que os textos têm grande parte do seu interesse em função do lugar em que são enunciados, ou do ente que os enuncia. Pensava que o fato, em si, de que uma personalidade determinada assuma a responsabilidade pública pela existência de um texto lhe dá inquestionavelmente a paternidade daquele texto. Afinal, se platéias mais ou menos atentas, se os leitores dos periódicos ligados à Câmara da Indústria e do Comércio ou à Associação dos Bancos, se os Senadores da Comissão de Finanças, se até homólogos estrangeiros do meu Ministro escutavam, pela sua voz, as frases e idéias que eu elaborava com os meus impulsos de escritor-fantasma, era porque estava ali o Senador-Ministro que lhes emprestava a sua autoridade, não no sentido aristotélico que traz a *Retórica*, e que tem a ver com o saber, mas em termos de poder, puramente.

Grandes estadistas, lembrei-me, entre aliviado e diminuído, têm os seus fantasmas, e são eles os estadistas, e não os fantasmas. A eventual revelação do fantasma não faz dele o estadista; no máximo, pode diminuir uma das dimensões da estatura do estadista, se a sua grandeza se apoiava na fama de bom escritor e tribuno. O escritor-fantasma, assim, estaria para o estadista quase como a máquina de escrever está para o escritor. Em outras palavras, a obra não pertenceria a quem a escreve, mas a quem a assume. Seria, portanto, um fato sociológico, que prescinde da dimensão individual da criação.

Era a crença racional e íntima de que as palavras, ao contrário do que podia fazer supor o mais acabado narcisismo literário (de que eu algumas vezes fora vítima), não tinham na verdade um valor absoluto: elas baseariam grande parte do seu significado – ao menos daquela porção do significado que depende inteiramente do ouvinte ou do leitor – no ato em si da elocução. Já havia aprendido, nos tempos da Faculdade, e talvez de antes, que o valor de ensinamento do que diz um professor está vinculado ao fato de que ele é a autoridade, essa, sim, aristotélica, que enuncia o que diz do lugar semiológico privilegiado que é a cátedra, ou o tablado de madeira que faz as vezes de cátedra nas salas de aula mais modernas, ou ainda o livro-texto, nessa outra dimensão da autoridade que é a palavra impressa.

Lembra-me uma vez em que arranjei uma encrenca com um professor de teoria literária precisamente porque, disposto a evitar as suas freqüentes interrupções durante os seminários que apresentávamos, sentados em círculo, eu me recusei a ficar no meu lugar, de frente para ele, e me pus ao seu lado, de forma que não lhe podia ver o rosto, dizendo-lhe de maneira atrevida e petulante que o objetivo daquele movimento era o de tomar o seu ângulo de exposição e evitar o olhar com que ele interrompia inúmeras vezes o nosso pobre fluxo de idéias. Muito mais tarde, ele me confessou que só não me expulsou da sala de aula, naquele momento, porque havia ficado estupefato com a minha impertinência, confirmando-me no fundo o acerto da minha teoria. Eu havia desmontado o seu lugar semiológico de elocução, rompendo-lhe a autoridade precária que lhe permitia enfadar-nos com infindáveis apartes e explicações paralelas.

Agora, contudo, tinha de curvar-me à evidência de que as minhas idéias e inspirações, pelas quais começava a tomar excessivo carinho mesmo quando elas compunham textos anódinos de discursos enfadonhos ou sem profundidade, somente tinham espaço de elocução porque alguém que não eu as enunciava e as assumia. Se eu nutri dúvidas, no princípio, quanto à possibilidade de reclamar, ainda que intimamente, algum crédito por aquelas idéias, o renascer mais elaborado da minha teoria do lugar/ente semiológico da elocução acabou por me lançar em uma imensa melancolia, que não era menos dolorosa por ser reservada e recolhida.

Senti-me mal ao ver que no íntimo eu reagia contra aquela exasperação de entrega, a que dava curso para continuar em uma ascensão social que eu mesmo não sabia aonde poderia levar-me, porque parecia não ter limites claros. Certamente, essa ascensão não tinha nenhum referencial na minha experiência pessoal, limitada ao mundo cujo centro estaria sempre na minha vila de casinhas de fachadas como as de Volpi. Por isso mesmo, acho, sempre que algum sentimento mais nobre me incomodava, acusando-me de arrivista, eu procurava justificar-me com a minha origem modesta, o meu sobradinho na vila, os quatro empregos do meu pai e o fato de que tudo o que eu havia conseguido devia-se exclusivamente ao esforço e determinação da minha família, cheia de orgulho imigrante, e ao meu próprio talento e abnegação, sem a necessidade de empurrões ou apadrinhamentos, sem aquela mão amiga ou interesseira que me desse o apoio de que tanto se necessita em qualquer início, em qualquer rito de passagem mais sério.

    O meu passado tornou-se a desculpa para o presente e uma justificativa inquestionável para o futuro. O Senador-Ministro era agora a forma que se havia materializado na minha frente para que eu tomasse a vida nas próprias mãos, pondo à prova a crença de que o destino humano se constrói com um elevado grau de arbítrio individual, bastando para isso saber identificar e aproveitar as oportunidades. Escrever aqueles textos de naturezas múltiplas parecia ser a forma de efetivamente assumir a minha própria existência, de dar-lhe um sentido e uma segurança. Podia doer-me, pensei, porém mais me doía a humildade da minha condição nos anos todos em que eu disputei na escola, com contos mal-escritos e histórias lacrimosas, um lugar entre gente que me via com indiferença e a glória suprema de ser admirado por algum dos meus amores impossíveis.

    O Senador adquiriu assim um sentido ambíguo na minha existência. Ao mesmo tempo em que era a encarnação do poder e da ascensão social, e por isso mesmo o melhor reconhecimento que eu poderia desejar da minha capacidade de trabalho e de criação, ele representava o compromisso conflituoso de escrever e reescrever aqueles textos que mesclavam dissimulação, hipocrisia, improvisação, engodo e demagogia – a expressão de tudo o que eu queria ter evitado na vida, se é que querências de adolescente têm alguma importância quando os anos passam e marcam de desilusão e conformismo aqueles projetos que não eram lidos como sonho, porque há idades na vida em que todo verossímil é sinônimo de possível, e todo desejo, por mais descabido, mera realidade projetada no tempo.

Em uma palavra, se ao fazer os meus trabalhos escolares, ao escrever ensaios bissextos de crítica literária, ao criar os meus textos anônimos e anódinos de publicidade, eu nunca havia abdicado formalmente da minha própria identidade, podendo falar das minhas ocupações e fazendo o possível para deixar patente a marca da minha presença e da minha individualidade, ali, naquele trabalho, eu chegara ao extremo de uma dolorosa vocação de anonimato. Essa verdade me doeu, com uma dor passageira, mas doeu, e eu tomei nota disso e deixei a vida correr. Tinha muito o que fazer.

Pouco mais de quinze anos, franzinos de asma. O segundo livro, um romance arrebatado. Graciliano revisitado. Horas diante da máquina de escrever, pelejando contra o teclado teimoso e ainda cheio de mistérios da velha Remington, que vivia à míngua de manutenção, malhumorada nos seus reflexos e avara de ânimo cooperativo até na coloração mortiça das letras que a fita envelhecida e gasta marcava mesquinhamente sobre o papel.

Umas palavras ensaiadas, sozinho, trancado no quarto. E, não vendo presságios em refazer itinerários, porque o mundo só se importa com repetições quando tem um afã de perfeição, novamente a busca da mesma editora que havia recusado o primeiro livro, um de contos, certo de que o trânsito daquele gênero narrativo para a escritura de um romance por si só corrigiria, para sempre, as falhas que antes bloquearam, em imprevisto acontecimento, o pronto e precoce acesso à fama pela via das Letras. Ad imortalitatem.

O editor. "Você escreve bem, mas o seu livro não é bom", entre uma baforada e outra da fumaça humilhante de um charuto.

"Quer dizer que não vai publicar o livro?" – um balbucio vindo do fundo do desapontamento, para ouvir um seco "Não; assim, do jeito que está, não", reforçado por outra baforada do charuto, que assumiu o significado de um "nem de nenhum outro jeito".

Um emprego na editora. "Não é má idéia", tossiu o editor com a fumaça do próprio charuto, uma espécie de sinal de efêmera simpatia dos Céus.

Revisor. O paciente e moroso trabalho de pescar erros de composição ou modernizar palavras, dando-lhes a roupagem nova prescrita pela última reforma – o desinteresse próprio de toda rotina. Uma chamada telefônica, uma roupa menos surrada, o ônibus vermelho e creme até o centro, uns quarteirões a pé, pelas calçadas cheias de marreteiros que apregoavam as excelências de quanta quinquilharia e bugiganga aos olhos entre desinteressados e angustiados dos passantes, às vezes a agitação passageira de uma batida policial, à cata de estudantes, terroristas ou de um azarado batedor de carteiras, o elevador velho e trepidante do prédio antigo, a secretária que errava no zelo vernacular, "Está aqui o revisor que quer falar consigo", o calhamaço de provas, "não quer um cafezinho?", às vezes originais à máquina, com o vestígio recente do autor que ali cobrava toda a sua humanidade nas correções de próprio punho, "como vai o nosso aprendiz de escritor?", nas hesitações mal ocultadas sob os rabiscos, "já tem um livro novo?", nos deslizes de linguagem que viravam alvo fácil para a ira dos revisores, "você devia se dedicar mais à Literatura", nas falhas de pontuação, "tem duas semanas de prazo", nos erros de datilografia quase mágicos na sua capacidade vertiginosa de ocultar-se de quem os faz, mesmo após dez leituras atentas, "aqui está o cheque pelo último trabalho", no detalhe íntimo e familiar da mancha de café em uma das páginas, "assine aqui e aqui", ou do desenho colorido que uma criança com um lápis na mão inadvertidamente fez à margem do texto, "obrigado", o elevador outra vez, em sua lenta e chacoalhante descida até o térreo, o ônibus, a casa pequena da vila, a escrivaninha minúscula de madeira escura, agora sem a velha Remington, guardada na sua mala diz-que portátil, horas de resignada leitura corretiva, que recordava a limpeza do feijão, a devolução do trabalho, outra vez pelo centro em passos apressados, que o calor do verão fazia insuportáveis e a garoa fria do inverno tornava melancólicos. Uma rotina entremeada pelos dias e as semanas da escola secundária que ia chegando ao final, o curso preparatório para a Universidade, a angústia da carreira a seguir, o vestibular que quantificava, com a exatidão geométrica das grades dos gabaritos de correção, inteligências treinadas à exaustão nas artes de driblar o conhecimento, o primeiro ano da Universidade – "Então, era isto?".

Não havia lugar para revisores na história da Literatura.

SEGUNDA PARTE

— V —

Lembram-me muito bem os primeiros tempos desse trabalho de redator publicitário, muito antes de que o Senador aparecesse na minha frente. Eu não tinha ainda vinte e três anos, acabara de me formar e esperava com uma confiança infinita não sabia bem o quê. Alguns meses de demora angustiada, que eu resisti o quanto pude a chamar de desemprego porque fazia uns *free lances* de revisor, tradutor e professor particular de quanta matéria podia improvisar, foram o preço que paguei, depois de terminar a Faculdade, enquanto me alongava em explicações tortuosas sobre bolsas de estudo no exterior e currículos enviados a cada vez que me perguntavam se já tinha trabalho fixo ou idéia de que fazer na vida depois de formado em Letras.

Temerário, certo de que o meu emprego ideal acabaria por vir pela própria força da gravidade, que eu intimamente acreditava reger o mundo dos talentos desamparados, desdenhei quanta oferta a meus olhos menor passou diante de mim, e, com inexplicável confiança, fiquei aguardando uma ocasião certa. No íntimo, a minha convicção indicava que bastaria esperar para que o destino me colocasse diante de situação favorável, senão do ponto de vista dos meus projetos íntimos, ao menos da perspectiva do que socialmente se esperava de mim.

Quando finalmente surgiu a oportunidade em um anúncio classificado de jornal, que procurava um redator publicitário "com experiência", atirei-me a ela com um desespero e uma determinação que chegaram a me assustar, tamanha era, na verdade, a necessidade de justificar a minha existência e superar a apreensão e a angústia que vivia durante aquela infindável espera.

Não posso dizer, contudo, que tenha sido difícil conseguir o emprego, cujas exigências, a não ser a relativa à experiência prévia em publicidade, eu preenchia sem maior dificuldade. Saído das Letras, e com todo o empenho que desde anos antes punha no domínio da palavra escrita, eu estava certo de que escrever não era problema para mim. Combinado com uma cultura geral que, embora dominada pelo lado literário, deixava algum lugar para a geografia, a filosofia e sobretudo a história, esse dom me valeu facilmente a admiração e a preferência do Diretor de Criação da agência, que conduziu a avaliação e fez a entrevista final. Sua única reação menos entusiasmante foi a de baixar um pouco o salário originalmente oferecido, sob o pretexto de que, para ter-me ali, sem experiência, estava sendo obrigado a preterir outro redator, tão bom como eu, dizia ele, e ainda por cima com seis anos no ramo.

Antes, porém, de saber dessa decisão que me favorecia, e achando que a experiência prévia era requisito indispensável, eu já me havia desdobrado em explicações, tentando convencer o meu entrevistador de que, de fato, eu não tinha prática com aquele tipo de publicidade, mas tinha grande experiência em outras formas de promoção de idéias e bens espirituais. Que mais era a crítica literária, ponderava, descuidado de maiores exatidões e necessitado do emprego, do que a propaganda das obras, a projeção de um produto cultural, a difusão refinada e conscienciosa da Literatura, no atacado e no varejo, diante do público a que se destina a arte da palavra como objeto de consumo do espírito?

Pela minha argumentação, eu estava habilitado não apenas a fazer a crítica da Literatura, que me tinha valido as mais altas e elogiosas avaliações na Faculdade, mas também a promoção e a publicidade de todo o resto, porque escrever era uma coisa só, e fazê-lo louvando as qualidades de um ente qualquer diferente da Literatura poderia até exigir do intelecto as mesmas qualificações, o mesmo preparo, idêntico bom senso e igual sensibilidade, mas não mais, e isso independentemente do produto, acrescentava, taxativo. A Literatura, na minha argumentação, era a Arte por excelência, e portanto o produto mais acabado e definitivo do espírito humano, o mais completo e complexo bem que uma dada sociedade seria capaz de produzir e, assim, o objeto ideal de todo aquele que se propusesse a levar à perfeição a propaganda e a promoção dos frutos do trabalho humano.

Perto daquilo, procurei cautelosamente fazer ver ao meu interlocutor, a publicidade de bens e serviços mais ordinários e quotidianos "mas nem por isso menos importantes do ponto de vista sociológico", como sabões em pó, sopas em cubinhos e margarinas, era uma questão de mero redimensionamento, para uma escala menor, da sensibilidade promocional. Diante de um produto mais chão e finalidades mais modestas, bastaria uma orientação, em um sentido ou em outro, e o texto crítico-publicitário dirigiria a mente do leitor para os aspectos que nele conviesse apontar, promovendo excelências e virtudes e ocultando ou transformando limitações, deficiências e engodos.

Nunca imaginei que pudesse descer tão baixo na minha primeira tentativa de conciliar o mundo das Letras e da sensibilidade com o universo mais prático da vida quotidiana e das expectativas sociais que, de fora, vêm consumir o ser humano e os seus sentimentos. Não estou convencido, porém, de que a minha surpreendente argumentação tenha sido determinante – o Diretor parecia mesmo inclinado a aproveitar-me porque eu lhe convinha –, mas nunca pude esclarecer essa dúvida. O fato é que fui chamado, depois de um aflitivo par de dias de espera em casa, assustando-me, esperançoso, a cada vez que o telefone tocava para logo em seguida trazer a desilusão das chamadas cotidianas e a irritação sem par, nessas circunstâncias, dos inúmeros enganos que ajudavam a congestionar as linhas naquele tempo.

Apresentei-me, obtive umas explicações sumárias sobre o meu trabalho, ganhei uma sala, uma velha máquina de escrever, uma secretária que me pareceu feia, mas eficiente, e que eu nunca saberia aproveitar inteiramente, oito horas de expediente relativamente bem pagas, naquele tempo em que a moeda nacional não tinha ainda perdido tantos zeros, e incontáveis horas extras, sem pagamento, que me encontravam noite adentro produzindo frases de efeito, descrevendo produtos, criando textos a partir de imagens e espremendo conceitos para que coubessem na exigüidade de um espaço publicitário pago a peso de ouro em páginas inteiras de jornais e nos semanários que começavam a proliferar em edições luxuosas.

Fascinado com que a minha inclinação literária tivesse enfim um aproveitamento prático que finalmente me garantia a independência econômica, com um emprego fixo e a possibilidade de fazer, se quisesse, muitas compras a prestação, ir a restaurantes caros e vestir-me bem, entreguei-me ao meu novo trabalho, nas primeiras semanas, com o entusiasmo de quem acredita no que faz e aposta em uma carreira promissora, criativa e estimulante. Pouco depois de iniciar-me no ofício, alcancei um tempo em que nunca havia tido tanto dinheiro, em um excesso que contrastava cada vez mais com a mediocridade da vida pessoal que acabava levando fora da agência.

Dormia a sono solto nos dias de folga que passava na cidade, para compensar as noites maldormidas de trabalho extra e de excitação, esquecendo do mundo nos fins de semana que, quando me era possível, passava na praia, perdido em conversas sem conteúdo e desgastado pelo "cansaço de uma agitação sem objetivo", como me lembrava ter lido e relido no *Adolphe*, de Constant, meu livro de cabeceira desde que alguém me disse ter sido também o de Drummond. Afastada de tudo o que eu reunia sob a rubrica vaga de "ilusão perdida", a minha vida parecia ainda assim ter adquirido um sentido novo, mais próximo do mundo real que sempre havia teimado em tolher-me os sonhos e agora, finalmente, se impunha, pragmático e sem ilusões.

Passados alguns semestres, profundamente envolvido pelo trabalho na agência, que exigia tanto da imaginação quanto da resistência física, eu me sentia já tão distante das preocupações prévias – do espírito e da sobrevivência física e social –, e me achava tão completamente dominado pela liberdade econômica que me dava o meu salário pontual, sempre engordado por generosos prêmios e participações, que cheguei a me assustar, acusando-me de insensibilidade por estar, afinal de contas, apenas instrumentalizando uma vocação das mais legítimas, pondo-a a serviço da ferramenta por excelência do progresso humano, o consumo, que eu tanto criticara nos meus tempos de estudante.

Para acalmar uma consciência pesada pela necessidade, mais uma vez, de trocar a suavidade de aspirações e ideais pela dureza insensível da realidade, continuei lendo literatura, mas em ritmo infinitamente menos intenso, procurando ilusoriamente convencer-me de que o afastamento paulatino das Letras seria apenas momentâneo, desafiadoramente passageiro, uma fase na vida, que me devolveria mais adiante, recobrado, ao mundo da ficção, bastando para isso manter-me ligado a ela pela leitura de alguns romances que haviam ainda sobrado de uma lista da Faculdade, que eu equivocadamente pensava poder pouco a pouco ir concluindo.

— VI —

Preocupado em conservar ao menos em parte minha identidade anterior, ligada às Letras e à Literatura, eu acabaria arranjando uma outra forma de manter vivo o conhecimento adquirido com tanto empenho e ilusão. Sem recordar a dor de ensinamentos anteriores, porque sempre acabava achando que não há, no mundo das experiências sensíveis, que são absolutas, nem sequer a possibilidade de um paralelismo relativo, e enfrentando inicialmente um sobrecenho mais carregado do meu chefe, comecei a tentar trazer, para a maior quantidade possível dos meus textos e informes publicitários, citações literárias, conceitos adaptados da Lingüística e torneados estilísticos saídos de paródias flagrantes de alguns autores, para não falar na cópia, pura e simples, quando era possível, de trechos escritos por mim mesmo em exercícios de redação, resenhas e trabalhos de aproveitamento da Faculdade, que julgava ainda capazes de dar algum sumo.

Esse recurso era novo apenas no que dizia respeito a trazer para a vida profissional elementos inteiramente alheios a ela, mas para os quais eu insistia em achar uma função, de forma a engrandecer-me no trabalho e facilitar-me a vida prática. Não se tratava, contudo, de novidade no meu modo de ser, reconheço-o agora, que já não tenho mais compromisso com nada que não seja comigo mesmo, embora o faça com o constrangimento próprio de toda patifaria arrependida e mal conciliada no íntimo.

Na própria Faculdade, por causa do sistema que cada um tinha de desenvolver para enfrentar aqueles quatro anos com a melhor relação custo-benefício possível, era comum que um mesmo esforço, por exemplo no que dizia respeito ao arcabouço teórico de uma análise, a certas notas de rodapé e a considerações sobre períodos, estilos literários ou obras inteiras de vários escritores, acabasse por render diversos trabalhos de aproveitamento para professores diferentes, em inescrupulosa repetição de criatividades menores, mas sempre com bom resultado. Afinal, dificilmente o que um professor mais capacitado tinha apreciado favoravelmente seria objeto de reserva de parte de outro, em meio à indiferença generalizada em que se movia aquele mundo. Tomávamos algumas precauções e garantíamos assim uma espécie de milagre da multiplicação dos pães, que nos abria o caminho não ao conhecimento, necessariamente, mas com certeza a preciosos créditos curriculares.

Já na escola secundária eu me havia servido do expediente mais de uma vez. Lembra-me, com certa ambigüidade de sentimentos, uma redação de tema livre que, com melhoras devidas mais ao meu reticente amadurecimento do que a empenho maior em aperfeiçoar o texto, apresentei a pelo menos quatro professores diferentes, em outros tantos anos escolares distintos. Era a descrição-narração de uma tempestade percebida a partir do espaço físico decrépito e da atmosfera solitária e cheia de penumbra de um velho engenho abandonado, que, depois de ver passarem "as nuvens negras e carregadas que enchiam de melancolia o céu prestes a chorar sobre a imensidão da terra sedenta", acolhia os pássaros fugitivos dos trovões e relâmpagos, rangia com o vendaval e "desolava-se com o aguaceiro torrencial que começava a cair em grossos pingos e lhe lavava o exterior e inundava as entranhas", até que a harmonia se restabelecia depois da chuva, o sol da tarde declinante voltava a brilhar e "a vida retomava o seu curso com a infinidade de sons e o burburinho com que a natureza se exibia, exuberante nos cheiros e cores, saciada e refeita após a tormenta". Esse arremedo escolar da *VI Sinfonia* de Beethoven valeu-me até um elogio mais entusiasmado de um pobre professor, que via no texto grandes promessas, e fez-me conceber a teoria segundo a qual a escritura talentosa pode permitir-se exercícios de engano como esse, a fim de preservar a criatividade para fins maiores, entre os quais certamente não contariam as redações escolares.

Pior do que isso, talvez, e provavelmente uma das maiores dentre as inúmeras mágoas que tenho comigo mesmo por deslizes de caráter que poderia ter evitado, era o meu hábito, cedo adquirido, de repetir, nas cartas e bilhetes que mandava para muitas das minhas paixões ou simples casos passageiros, expressões, frases, trechos inteiros de outras cartas que eu requentava, procurando extrair daquele amontoado de dizeres, que se queriam sublimes, sentimentos recauchutados que deveriam fazer as vezes do amor real em que me debatia ou fingia me debater. Muitas vezes esse recurso desleal e condenável era produto da premência do tempo, do vazio em que me jogavam certas situações de despeito ou da anestesia em que me submergia a dor provocada pelo ciúme.

Acabei por fazer, assim, das minhas ocasionais leitoras, e independentemente do sentimento que as animasse ao lerem os escritos com que eram contempladas, uma rede que se comunicava, sem conhecimento, pelo meu intermédio. O único esforço que me custava essa prática, além da criação inicial do trecho que mais tarde eu eventualmente repetiria para alguém, era precisamente cuidar-me de não reproduzir o mesmo trecho para a mesma pessoa e, naturalmente, evitar circunstâncias e coincidências que pudessem levar a que elas comentassem entre si as idiotices que eu, enlevado com os meus sentimentos e palavras, lhes escrevia, no caso mais do que remoto de que se encontrassem fortuitamente.

Se a leviandade e o narcisismo do procedimento quase sempre foram inconseqüentes do ponto de vista humano, houve contudo um par de vezes em que não foi exatamente assim, doendo-me tanto pelo mal que eu causei quanto pelos sentimentos desencontrados, às vezes plenamente contraditórios, que esse mal me provocava. Lembra-me especialmente uma italianinha loura e escultural, de grandes olhos negros, que provocou um verdadeiro flagelo no meu coração, e que me inspirou, da minha infindável correspondência, talvez a melhor carta de amor que jamais escrevi, a mais sentida, a mais humana e também a mais solta e natural, porque chegava a ter alguns tons de humor comedido feito sobre o exagero do meu próprio sentimento. Era muito original e de primeira mão do princípio ao fim, como de resto eram em algum momento todas as minhas cartas – não vá ficar aqui uma impressão falsa do meu expediente, nem dos sentimentos que me inspiravam quando de fato sentia o que escrevia pela primeira vez.

Enviei-a relutantemente ao meu passageiro amor impossível, com tal efeito que eu cheguei a me assustar diante da perspectiva de que a minha italianinha fugaz pudesse finalmente tornar-se a tão esperada experiência de amor completo, verdadeiro e único, que eu romanticamente alimentava como sonho desde que me sentira por primeira vez irremediavelmente atraído por alguém. O impacto, porém, ficou apenas na admiração e na gratidão da minha italiana, que reconheceu ser para ela motivo de grande desvanecimento e vaidade ter-se tornado a inspiração daqueles sentimentos, expressos de forma tão cheia de sensibilidade e graça.

Afundei-me no desamparo e a minha italiana se foi, deixando-me uma saudade, espécie de nostalgia do futuro como todo desejo insatisfeito, que até hoje me incomoda nas vezes em que, por alguma misteriosa associação de idéias, ela me volta à lembrança. Um par de meses após eu me decidir a dar por encerrado o meu sofrimento, contudo, reaproveitei a carta, integralmente, copiando o rascunho que me havia ficado e enviando o mesmo texto, com a desculpa íntima e fingida da pressa, para outra moça, igualmente loira e de suaves olhos de amêndoa, mas esta sim menos etérea nos sentimentos que me provocava, e por isso mesmo mais real na dor que lhe causei quando a deixei, semanas depois, mais uma vez colocando uma barreira intransponível entre mim e o mundo das pessoas que de alguma forma me queriam bem.

Embora eu me tenha sentido miserável e indigno pelo uso inconseqüente de um texto que não me pertencia mais, mas que eu me atrevia a julgar subaproveitado, em nada contribuiu para alterar-me aquele hábito, que ainda hoje me envergonha, o sentimento de haver provocado um sofrimento desnecessário, em muitas vezes aumentado pela monstruosa insinceridade da segunda versão da carta, que apenas repetia mecanicamente as frases bonitas e sublimes que eu havia escrito na primeira versão, inspirado por um amor violento e irreal.

Depois desse romance apenas morno, a minha habitual intolerância devolveu-me à saga dos amores impossíveis e à inútil e obstinada busca de uma perfeição inexistente, e eu praticamente esqueci o episódio, ou ao menos diminuí o seu impacto sobre mim, e voltei a usar o expediente com outras mulheres e outras cartas e trechos. Com o passar do tempo, deixei-me dominar pela idéia de que a culpa naquele caso não havia sido de todo minha se a menina tomara ao pé da letra o que as minhas palavras – indiscutivelmente, de resto – diziam, e cheguei mesmo a admitir que a repetição do texto havia sido positiva na medida em que tinha dado outra dimensão a um sentimento mais fraco, que acabou por sucumbir à realidade das limitações que a nossa relação sofria desde o princípio.

Quando, anos mais tarde, a mesma moça, já casada e assentada, jogou-me na cara, com a crueza que permitem a indiferença e o desprezo, a hipocrisia do meu texto e a minha falta de caráter, não hesitei em me ofender profundamente, alegando que, quisesse ela ou não, a carta que eu lhe dirigira era sincera e traduzia um sentimento perfeito, a que ela fora incapaz de responder.

— VII —

Adaptei assim, com execráveis desculpas íntimas, o mesmo procedimento de engodo à profissão de redator publicitário. Vivia de renda, alienando servilmente, sem temor aos estragos do excesso da mais-valia nas esferas do intelecto, a minha sensibilidade, o meu conhecimento e a cultura literária duramente amealhados, e derramando sobre textos anódinos e sem nenhuma pretensão estética o que de melhor eu me sentia capaz de produzir. Invertia as minhas próprias prioridades e fazia do meu trabalho um insaciável sorvedouro de idéias e soluções estilísticas e conceituais que já utilizara antes, ou que pairavam suspensas na minha imaginação e no meu sentimento. Procurava impô-las a textos que, nascidos sob o estigma da efemeridade pela natureza mesma da redação publicitária, clamavam por outras soluções, conformados com que a sua sobrevivência seria curta no tempo e o seu impacto no mundo das idéias praticamente nulo.

Como o resultado era compensador, contudo, porque, além de facilitar-me o trabalho, eu ainda crescia na imagem que o Diretor de Criação e outros chefes estavam formando de mim, acabei por acostumar-me à dor de consciência que me causava esse proceder, e terminei por utilizar o meu êxito como justificativa íntima não apenas para o meu novo papel de *rentier* intelectual, mas para o próprio curso universitário que eu fizera. As Letras assim finalmente davam, a posteriori, uma irredutível prova da sua oportunidade e do seu valor, por cima do desprezo que lhe devotavam alguns e do desprestígio que se insistia em ver em qualquer tipo de atividade pouco rentável economicamente, em um mundo dominado pelos valores materiais e em que o espírito, a sensibilidade e a emoção eram apenas dados incidentais, quando não motivo de preocupação e alarme para os que detinham o poder.

Não me importava se inúmeras idéias, que em outra circunstância certamente me teriam valido elogios de professores e a admiração de calouros e colegas, morressem quando mal acabavam de ir para o papel, derrotadas pelas imposições inarredáveis dos textos de publicidade. Era como se, para escrever uma linha que poderia redigir em segundos, eu tivesse de me flagelar recorrendo a toda a sabedoria de que me achava capaz, elaborando frases, polindo conceitos e capturando imagens que mais serviam para alentar o meu espírito e dar-me um gosto estético do que para desvencilhar-me da tarefa que me era exigida para dali a minutos, ou que teria de realizar no decorrer de uma agitada reunião da equipe de criação.

Se muitas vezes esse impulso novo foi bem recebido pela agência, porque alguns textos comportavam as minhas excentricidades de literato de segunda mão, na maior parte do tempo as minhas idéias figuravam nas propostas apenas para serem cortadas, sob o doloroso argumento de que aquilo era "atirar pérolas aos porcos" (fora da criação publicitária, em que era um mestre, o meu Diretor de Criação freqüentemente se valia de lugares-comuns e formas desgastadas para expressar-se, como se quisesse reservar o melhor de si mesmo para o trabalho de criar anúncios e vender). Mais de uma vez, para desespero meu, o próprio Diretor de Criação e diversos colegas da equipe, sem maldade, quero crer, mas com efeito semelhante, perguntaram-me por que não escrevia poesia ou ficção de uma vez, em lugar de gastar talento literário com rótulos de refrigerantes, propaganda governamental, embalagens de detergente, coleções de inverno e promoções turísticas.

Intimamente satisfeito, contudo, porque eu acabava sendo visto como um excêntrico de certo gênio e vasta cultura, e portanto como bom criador, o meu maior problema continuava a ser, como nos primeiros momentos gastos com a palavra escrita, a negativa sistemática de reler o que escrevia, mesmo nos raros casos em que mandava os meus trabalhos serem passados a limpo pela minha secretária. Se, nos meus primeiros impulsos de glória através da escritura, essa recusa tinha relação com poderes misteriosos da criação a que eu me julgava submetido, como redator publicitário essa atitude obviamente não decorria de qualquer teorização sobre a escritura. Nada tinha da soberba que muitos viam em mim já desde muito antes daquela época, embora eu sempre insistisse comigo mesmo em que se tratava de mera confusão entre soberba, que acreditava sinceramente não ter, e timidez, "esse sofrimento interior" a que se referia o *Adolphe* e, essa sim, uma realidade incontornável para mim. Não se tratava tampouco da mera pressão do tempo, com que muitas vezes eu tentava intimamente me justificar. Era provável que fosse por uma espécie de intuitiva certeza sobre a qualidade do produto final – certeza que, como curioso contraponto à indiferença, vinha tentar ocultar o descômodo de estar sempre alienando a minha linguagem e as minhas idéias.

Juntos, a pretensão, a indiferença e aquele descômodo faziam-me entregar sem emoção trabalhos que concluía em prazos exíguos, para espanto dos colegas e satisfação do Diretor de Criação, que não cessava de me elogiar em um tom de voz que me deixava sempre entre encabulado e constrangido, mas exultante de satisfação interior, apesar das freqüentes e inúteis observações sobre os erros datilográficos que povoavam os meus textos e que acabaram por ser uma espécie de marca registrada do meu estilo, como se eu quisesse cobrar em paciência dos meus superiores o que eles ganhavam em rapidez e o que aqueles trabalhos no fundo me custavam.

Quando me sentia obrigado a desculpar-me com uma explicação superficial, argumentava que, de qualquer forma, os erros de datilografia continuariam ganhando um jogo de cartas marcadas e regras feitas pelo vencedor, jamais se deixando perceber a tempo de evitar uma correção que aviltava o original, mesmo já feito e refeito pela melhor datilógrafa, exatamente como ocorria nos meus tempos de precoces pretensões literárias. No mais das vezes, porém, sentindo que não me davam ouvidos porque a questão carecia na verdade de importância, eu completava intimamente esse raciocínio pífio dizendo-me que esses erros, que acabavam por converter-se na minha única preocupação a posteriori e fonte constante de aborrecimento, continuariam eternamente exibindo o dom sobrenatural de ocultar-se de forma quase inverossímil ainda na hora de uma última revisão, para depois aparecerem, impávidos, passeando orgulhosamente, como baratas na cozinha, à vista do chefe que amarrava a cara, enquanto se incumbia da correção, ou do colega intrigante que ficava à cata de pequenos deslizes para tentar produzir grandes desmoralizações.

Ficava perplexo também com a irredutibilidade de certas palavras que eu sempre datilografava errado, não importando a velocidade com que o fizesse. Era como se, no filtro da minha criação, uma última barreira se erguesse solitária para tentar impedir, por seus meios débeis, o aviltamento que a minha consciência devia perceber naquela atividade, não porque a atividade tivesse em si mesma nada de particularmente errado ou de aviltante, mas pelo sentido de desvio que ela cada vez mais assumia para mim. Havia palavras como "comprar", "Governo", "Ministério", "americano", "próprio", "política", " água", "administração", "produto" e outras que pareciam estar já grafadas equivocadamente no meu cérebro, e sempre apareciam *"comrpa"*, *"Govreno"*, *"Minsitério"*, *"aemricano"*, *"prórpio"*, *"polpitica"*, *"aúga"*, *"adminsitração"* e *"oprduto"*. Não me dei bem conta, jamais, se houve um momento preciso em que esse problema datilográfico se acentuou, mas logo substituí o aborrecimento que me causavam tantos erros, absurdos na sua insistência, pela certeza de que alguém, quase sempre um chefe, acabaria por corrigi-los, encontrando nessa tarefa satisfação pessoal suficiente e não desprezível justificativa íntima para o seu próprio trabalho.

— VIII —

Despreocupado, confiante na capacidade infinita do meu capital intelectual de produzir renda suficiente para manter-me, eu me via mais uma vez dando curso apenas aos impulsos que saíam dos meus dedos aflitos sobre o teclado da máquina, preocupado com as idéias, no máximo com a sintaxe, jamais com formalidades datilográficas, e escrevia cada vez mais depressa, fazendo uma barulheira infernal com a minha IBM e chamando a atenção das pessoas que passavam e nunca se atreviam a me interromper. Jamais soube se aquela atitude de negligência teve algum peso negativo no desenrolar da minha carreira de publicitário. Acho que não; ao contrário. Não deixo, contudo, de registrar o fato aqui, para que ele assuma, se for o caso, o seu real significado no curso desta narrativa.

    Fui então ganhando a confiança do Diretor de Criação e um espaço que eu, mesmo sem tê-lo jamais pedido, comecei a utilizar menos com habilidade do que com inacreditável determinação de cumprir o meu dever e impor-me, por cima de toda insegurança, ao meu âmbito reduzido, formado na sua maior parte por técnicos cujo único contato mais íntimo com os textos que eu produzia se limitava aos esforços que tinham de fazer para encaixotá-los no *lay-out*, ao lado de ilustrações, tabelas e fotografias de quanta geringonça, serviço ou idéia tínhamos de promover e vender, apregoando excelências que muitas vezes se encontravam apenas na cabeça do fabricante, mas que, pela nossa imaginação e talento, transbordavam em qualidades excelsas, que não apenas tornavam sublimes os produtos como tinham também o dom, segundo as nossas insinuações, de refletir sobre a vida e a própria felicidade de quem os comprava, transformando fumantes inveterados de cigarros fedorentos em homens de sucesso e de muitas mulheres, tornando irresistivelmente atraentes mulheres que, precisamente por não o serem, tinham de recorrer aos produtos de beleza que anunciávamos, e fazendo de cada dispêndio do potencial consumidor que erigíamos em alvo das nossas campanhas um ato de grandeza e inteligência, quando não de oportuna e sagaz esperteza, capaz de elevar esse consumidor sobre o restante da humanidade ordinária.

Voltava para casa exausto, muitas vezes sem ânimo de ler nem sequer uma história em quadrinhos, e estimando que ligar a televisão exigiria de mim um esforço intelectual impensável, que eu não ousaria solicitar ao meu espírito, enrugado pelo exercício hercúleo de concisão que me impunham os meus escritos publicitários, pela exigência da precisão insubstituível na chamada que é o centro da mensagem, pelo paciente burilar de parágrafos que se tinham de acomodar ao lado das ilustrações, em frases que ganhavam uma plástica nova, pela imbricação, antes inadmissível para mim, do visual na palavra escrita – em textos, finalmente, que pareciam dançar sobre a folha de papel para espremer-se entre tantos elementos do *lay-out*. Era um processo que feriria para sempre a minha noção romântica de que escrever é basicamente "um ato de amor cometido sobre o branco de uma página, de onde a palavra, e apenas a palavra, brotaria sublime para fecundar as mentes, tocar nas emoções, arrancar risos ou provocar angústias universais e sentimentos essenciais ao gênero humano".

Fazia um esforço permanente para submeter ao garrote da perfeita fluidez e da objetividade o meu estilo de frases longas e cuidadosamente trabalhadas, cheias de intercaladas que tornavam minha escritura uma torrente de palavras nas quais, na minha concepção, por entre o emaranhado de tantos sentimentos e sensações, acabaria sempre por resplandecer o duplo sentido que eu achava insubstituível na arte da palavra escrita: o das coisas ditas e o da forma do dizer.

Não que eu não me pudesse conformar com essa realidade, porque rapidamente, logo após os primeiros cortes a que eu tive de submeter os meus textos durante as reuniões da equipe de criação, cheguei a pensar modestamente que, de fato, a ninguém seria dado imaginar Carpentier, García Márquez ou Guimarães Rosa reduzidos à dura profissão de publicitários, a apregoar, em textos de meia página, as qualidades de uma máquina de costura ou de um azeite de girassol, ou a aconselhar o uso dos serviços eletrônicos de um banco, ou a promover as excelências de xaropes vagabundos que prometiam curas milagrosas a troco de algum dinheiro e muita fé. Ainda assim, insistia sempre, como disse, em colocar nos meus trabalhos o que achava ser o melhor de mim mesmo, indiferente ao caráter muitas vezes periférico ou secundário dos textos em um anúncio publicitário, que concentra a força da sua mensagem no impacto visual e nos poucos conceitos que o espírito é capaz de apreender em um *flash*, deixando a leitura do que quer que seja como etapa posterior, e portanto subordinada, menor, subalterna – ancilar.

Aliás, considerados desse ponto de vista, os informes publicitários governamentais que eu, cada vez com maior freqüência, era obrigado a redigir constituíam a própria antítese da publicidade, porque traziam longuíssimos textos para os quais não há talento que consiga, com imagem ou título, atrair a atenção do leitor – que lê à cata de notícias, análises jornalísticas, divertimentos, intrigas e *faits divers*, e nunca anda atrás de artimanhas políticas ou fantasias administrativas. Por essa razão, a sensação de pouca importância do que escrevia nunca emergia tanto como quando eu tinha de gastar várias horas ao dia redigindo publicidade oficial – que, no entanto, precisamente pelo que lhe dá sentido, pela sua obstinada busca de verossimilhança, constituía ironicamente o melhor campo para o exercício das minhas inclinações literárias e dos meus sentimentos humanistas. Isso de certa forma me compensava intimamente, porque me permitia exercitar uma oratória social e reformista, de que eu me desvanecia, aplaudindo-me pela minha sensibilidade e progressismo político. E me preparou para a minha função de fantasma, mais tarde.

Nunca cheguei a me preocupar com o porquê de a minha agência ter acesso fácil a tantas contas governamentais, nem me causava maior embaraço ter de dedicar-me com afinco a elaborar tantas meias-verdades e mentiras completas, saudando políticas condenadas a nunca sair do papel e vendendo a um eventual mas improvável leitor a sabedoria de tantas obras desnecessárias.

Quando, porém, esse esquema alcançava a agência, tinha por conseqüência dar-me o desafio bem remunerado de escrever novos textos, engrandecendo-me pela rapidez com que me desincumbia da tarefa, semeando imagens poéticas para descrever um projeto habitacional construído com concorrências duvidosas ou apresentando como descortino administrativo obras de infra-estrutura que apenas beneficiavam uma grande empresa próxima, pertencente a algum achegado ao poder. Eu me limitava a cumprir meu dever, garantindo a minha confortável subsistência, assegurando-me a irresistível ascensão que se perfilava como uma realidade palpável e desfrutando ainda daquela espécie de prazer menor que aqueles textos me davam.

Só mais tarde pude medir o quanto aquele esforço me custou em melancolias inexplicáveis, em permanente desconforto, em desagradável sensação de cumplicidade que me atacava quando, de dentro do meu carro novo, em um crepúsculo frio e chuvoso, olhava através do pára-brisa, transformado pelas lentes minúsculas da água, os trabalhadores nos pontos de ônibus, na espera interminável de uma condução superlotada e malcheirosa que os levasse de volta às suas casas pela tarde cinzenta, acrescentando horas impossíveis a jornadas prolongadas de trabalho, enquanto viam ao longe erguerem-se aos poucos as silhuetas inverossímeis de obras inúteis que eu havia ajudado a promover.

Agitado com a minha nova experiência, e oprimido pelos desafios que ela me impunha, deitava-me muitas vezes, à espera do jantar requentado, sofrendo saudades indefinidas e vagas. Senti-me por aquele tempo aliviado e vazio, com a sensação ambígua e errônea de ao mesmo tempo ter-me finalmente curado da doença dos amores impossíveis e de haver assim perdido uma fonte inesgotável de sensibilidade, que me levava a sonhar mais alto, a projetar uma imagem de perfeição, a acreditar, enfim, que – ainda que da profundeza da dor prolongada e sufocante que é a espera a que no fundo se resumem esses amores – é possível elevar a alma do chão em que a vida se agita no cotidiano e da platitude das relações razoáveis que acabam na monotonia de casamentos que se desfazem e no horizonte restrito da vida de família.

A imagem da dor que eu provocara com aquela carta fingida, cheia de palavras que falavam de um sentimento alheio a mim mesmo naquele momento, talvez tenha tido algum efeito sobre a forma assustada com que naquela época eu refleti sobre o assunto. Mas logo, outra vez, comecei a lamentar mais o efeito daquele episódio sobre a minha sensibilidade do que o episódio em si mesmo. Depois, achei que estava apenas confuso, recolhi as minhas impressões por um tempo, e passei aqueles dois anos sem me apaixonar por ninguém, mas sem deixar de me interessar, com a indiferença dos interesses menores, por uma ou outra mulher que me cruzava o caminho e que eu me sentia na obrigação de cortejar, sabendo de antemão que a deixaria depois, mais uma vez egoísta e solitário. Não chegava ao cinismo que lera e relera no *Adolphe* ("Isso lhes causa tão pouco mal, e a nós tanto prazer!"), mas senti que alguma coisa começava a se alterar em mim.

As Letras. Um passo natural para quem estava entrando na Literatura pela porta dos fundos. De revisor tipográfico a estudante de Literatura, de estudante a professor, e talvez de professor a crítico respeitado e renomado, as Letras universitárias pareciam um campo promissor. Tivesse tido estudantes de Letras e críticos preparados à sua época, que dominassem os mistérios da análise lingüística e semiológica, do estruturalismo e da interpretação literária, mais cedo o Quixote se teria transformado em Obra Universal. Pobre Cervantes.

A cotação das Letras andava em baixa por aqueles tempos, como se os livros fossem uma ameaça à segurança da Pátria. Mas havia ali morenas de pele suave e grandes olhos tristonhos, e loiras de cabelos compridos cuidadosamente arrebanhados em um rabo de cavalo negligente e sensual, que apeteciam debaixo das calças rancheiras que lhes mar-

cavam as formas alongadas e generosas e cujos nomes pouco ortodoxos – Izilda, Fátima Romilda, Maria Julietta, Clara Annette – semelhavam personagens femininas daqueles romances menores de leitura obrigatória que os professores impingiam espírito adentro. Elas acabavam por subverter de tal forma o ambiente acadêmico, com os seus perfumes inebriantes, a sua beleza entre vulgar e radiante, as suas bocas apaixonadas e os seus andares ondulantes, que era o caso de se perguntar se aquelas mulheres de fato existiam na sua longa e interminável espera do futuro, ou se haviam saído, distraídas e entediadas, das páginas de narrativas provincianas e atemporais, cujas histórias elas pareciam condenadas a representar pelo resto dos seus dias.

Os tempos de Faculdade. "Nossa América". A tal ponto havia ficado gratamente surpreso com aquela descoberta da América através da Literatura que o excesso de alvura da pele começou a incomodar, porque denunciava, pela pigmentação, heranças menos identificadas com o Continente mestiço de Asturias, Carpentier, Uslar-Pietri e o indefectível Bolívar, mas antes que renunciasse definitivamente à tentativa de fazer do Panamá o estreito de Corinto das Américas e, antecipando o êxodo mais doloroso do que bíblico de hoje, conclamasse os seus conterrâneos a uma precoce diáspora: "na América só nos resta uma coisa a fazer: emigrar".

A emoção das canções indígenas fazia achar mais harmonia no tosco som de uma quena do que nas afinadas alturas de um violino ou na doce voz de um oboé. Comprava peças de artesanato, que a onda de latino-americanismo introduzia no país, e ia a festivais de música latino-americana, mal tolerados pelas forças da ordem, que procuravam qualquer pretexto para cancelá-los. Aguardava com ansiedade cada novo romance que os autores criollos *anuncia-*

vam com meses de antecedência, certos, e com razão, de mais um sucesso editorial, mesmo em um Continente de analfabetos que preferia ver Borges humilhado sem o seu Nobel. Um tempo que deixou como herança o arrepio de ouvir certos huainos *e* carnavalitos, *ou de ver passar, indiferente ao destino do Continente, alguma jovem mulher de olhos amendoados, longos cabelos negros, perfume de açafrão, a pele morena de canela e a forma exuberante e perfeita dessa beleza mediterrânea que a América soube criar, misturando, com ímpeto lúdico e resultados tantas vezes esplendorosos, uma infinidade de etnias, para projetar mais uma vez no futuro, sempre distante, todas as promessas de redenção humana contidas na idéia da Raça Cósmica, de José Vasconcelos, ou no conceito do Homem Novo, de Guevara, que persistem, como fonte de inspiração e ideologia, indiferentes à teimosia da História.*

Anos amenos, aqueles, que serviram para apagar da memória, por um lapso, o incômodo do início nas Letras à custa de revisões tipográficas, e que se completaram com uma excursão de estudante pobre à França, à Espanha e à Itália dos antepassados, comendo do pior, parando nos hotéis e hospedarias mais ordinários e erigindo na condição de sonho definitivamente inalcançável a ilusão, tão minuciosamente alimentada nos preparativos da viagem, de vir a seduzir, em cada canto, uma jovem européia sedenta de amor latino-americano e de sabedorias universais, como se todas as francesas louríssimas e de apetitosas formas, todas as italianas de agressiva beleza mediterrânea e todas as espanholas morenas e misteriosas, de apaixonado olhar, não tivessem nada mais a fazer, na sua faina de ajudar a construir milênios de História, do que esperar, com perfumadas palpitações do co--ração e suaves e sonhadas ondulações, o anônimo neto de imigrantes, que vinha passear a sua curiosidade e os seus apetites incontidos de jovem varão em primavera por uma Europa indiferente às pujanças e promessas do Novo Mundo.

E não importava muito que os amores sublimes dos livros cedessem na realidade à crueza de amores impossíveis ou ao enfado de relações tão superficiais que se esvaíam como uma ressaca, passadas sem deixar quase rastro, tristes, depois de terminadas, como praça de interior em tarde de domingo chuvoso.

A Faculdade. O prédio das Letras. Difícil localizar-se naquele labirinto borgiano de corredores ao ar livre que, ao se bifurcarem nos lugares mais impensados, acabavam por dar um sinuoso acesso a salas às quais se podia chegar por inúmeros caminhos diferentes, e faziam da convivência fora do espaço numerado de uma sala de aula tarefa de imaginação e paciência. Era freqüente, por exemplo, que dois estudantes que haviam ficado de se falar, não para discutir táticas de tomada do poder, mas a melhor forma de fazer um trabalho sobre as cantigas de amor e maldizer medievais, acabassem por desistir do encontro, aborrecidos com o colega tratado de impontual, depois de estarem ambos por horas de pé um ao lado do outro, ou muito próximos, examinando os transeuntes daqueles corredores atemporais e perscrutando os horizontes limitados de concreto e vidro sem nunca adivinhar a vizinhança do companheiro de estudos.

A construção tinha também o inconveniente de tornar etéreas, quase mitológicas, certas formas femininas que despontavam desfilando por ali a caminho de alguma sala de aula ou em demanda de outro prédio, e que o pessoal procurava de alguma forma cercar, só então dando-se conta de que se haviam esfumado para sempre, como sonhos, na ilusão daquelas passagens de solidão e desencontro.

 O privilégio de monitorar alguns cursos, fazendo as vezes de professor, principalmente no que se atinha à tarefa mais lombar de corrigir provas e trabalhos e acompanhar, julgando-os, intermináveis seminários apresentados pelos próprios alunos em meio ao bocejar quase obsceno de colegas maldormidos à noite, ou cujo espírito saturado fechava-se em salutar modorra ao ensaio de qualquer tentativa de conscrição intelectual. Posição de muito prestígio que valia alguns olhares de inveja, outros de admiração e respeito, e mais de uma vez a companhia de uma ou outra aluna passageira.
 E o verso de Drummond martelando: "Êta vida besta, meu Deus".

TERCEIRA PARTE

— IX —

Nós tínhamos conseguido algumas contas importantes, e a quantidade física do trabalho era tal que não me restava muito tempo a perder com melancolias. Com o remanejamento da equipe de criação, e com o fortalecimento da posição do meu Diretor de Criação, acabei também sendo promovido, ganhando a incumbência de chefiar parte do setor de redação, o que significava dirigir, além das secretárias e datilógrafas, dois ou três pesquisadores e dois outros redatores, um deles mais velho e com mais tempo de profissão do que eu.

Eu havia ficado fascinado com a ascensão profissional. Nunca trabalhara tanto; e, embora sempre tivesse o cuidado de orientar e aconselhar os meus colaboradores, não posso deixar de reconhecer que era cada vez mais individualista na minha forma de produzir. Não que tivesse qualquer prevenção contra os meus colegas; mas tinha tamanho sentido de auto-suficiência, era tão autoritário e me guiava uma tal obsessão de responsabilidade pelo que me era atribuído, que certamente o que era zelo profissional criava um fosso entre mim e o meu pessoal. Soube mais tarde que o meu modo de ser ditatorial e o fato de que me achegava cada vez mais ao círculo fechado da direção da agência, que não cessava de crescer, tinham-me valido a fama de bajulador e carreirista, mas nunca cheguei a saber se isso me prejudicou ou não, tal era a minha determinação no trato das coisas relativas ao trabalho na agência e tamanho era o sentido de naufrágio pessoal que no fundo aquilo tudo me impunha.

De fato, eu havia tido tanto êxito no meu trabalho de redator, e ajudava tanto a nossa equipe muitas vezes premiada, que a minha fama se firmou de maneira bastante favorável na minha agência, e junto a diversas outras, graças em grande parte à enorme corrente que se forma com a rotatividade que a profissão e o mercado de trabalho acabam por impor aos publicitários. Não que eu estivesse em vias de me transformar em um dos grandes nomes da publicidade no imenso centro econômico em que se havia transformado a minha enorme cidade. Embora o meu salário fosse cada vez mais alto, não se tratava disso, porque o meu trabalho continuava sendo o de simples redator, portanto de elemento a meu ver bastante acessório no processo mais intrincado e complexo da criação publicitária.

É até preciso deixar bem claro que nunca alimentei pretensões de ir além do que considerava os limites naturais do meu talento e da minha formação, que eram pura e simplesmente o gosto, a facilidade de escrever. Eu bem que dava palpites, muitas vezes acertados e acatados, sobre outros elementos que compõem uma peça publicitária, mas fazendo exageradas reservas, e sempre com a ressalva de que opinava com base exclusivamente na minha intuição e sensibilidade, jamais com conhecimento técnico. Era, de certa maneira, o modo que encontrava para, cada vez mais, assenhorear-me dos meus próprios domínios e rechaçar palpites alheios na minha seara, deixando claro que estava disposto a respeitar e a fazer respeitar limites.

Nunca cheguei a me atritar com ninguém por isso, mas é bem verdade que o Diretor de Criação aparou algumas arestas e desviou de mim alguns golpes. Quando me senti mais seguro com o meu trabalho, causou certa surpresa o fato de eu ter devolvido, com as minhas correções e alterações, diversos esboços de textos que já vinham aprovados lá de cima e com forma tida por definitiva, apenas para serem incorporados a algum *lay-out* em fase final de acabamento. Uma única vez tive uma altercação direta com outro redator graduado, acho que por causa de umas vírgulas, mas finquei o pé, o meu Diretor me apoiou, o cliente concordou comigo, eu fui prestigiado e o outro acabou por pedir as contas mais tarde, não sei bem por que motivo. Nunca dei tanto valor a umas vírgulas bem colocadas.

O fato é que fui crescendo no trabalho e, sem maiores pretensões do que as que me permitia o que eu considerava "o meu talento", fui-me impondo no pequeno mundo da minha agência. Os meus chefes me davam apoio. Muita gente me detestava por isso. O caráter de sublimação que tudo aquilo representava para mim passava despercebido de quase toda gente, e a falsa segurança que fui adquirindo contribuía para ocultar os mais evidentes sinais de fraqueza íntima que um espírito atento poderia perceber a uma simples vista da minha pessoa. Eu era indiferente a tudo, menos ao gosto que me dava cada trabalho concluído, cada solução que me satisfazia intimamente, cada texto publicitário ou discurso ou conferência de meu patrão. Escrever jamais me havia dado tantas pequenas satisfações ao mesmo tempo.

Foi por essa época que eu tive uma discussão fora de propósito com um antigo colega da Faculdade que encontrei no bar próximo da agência, por casualidade. Digo "fora de propósito" um pouco gratuitamente, mais porque o tempo havia passado e eu não retiraria nenhuma conseqüência prática dali. Por alguma razão, surgiu o tema da Literatura e, quando eu lhe falei da inutilidade de novos romances e da dimensão permanente que tinha a obra de Flaubert, que já ocupava, do fundo do século XIX, parte do espaço literário que cabia ao século XX e ao século XXI, ele se exasperou e, com a experiência adquirida em dar aulas de Literatura no ginásio, convencendo alunos sonolentos da importância da poesia na vida cotidiana, procurou fazer-me ver o absurdo de uma idéia que denotava o desconhecimento "de noções elementares da Sociologia da Criação Literária, da Estética e da História dos Estilos". Flaubert, gesticulava o meu amigo, havia sido um produto do seu tempo, que ele soube ver, interpretar e transmitir para os seus contemporâneos, em uma obra que era muito mais legível quando foi produzida do que hoje. Com o tempo, as obras perdiam, no todo ou em parte, e por motivos os mais diversos, "intrínsecos ou extrínsecos", o que ele chamava de *legibilidade*, quando menos porque certas referências culturais ou da vida cotidiana e pressupostos ideológicos e sociais sobre os quais se assentava o texto ao ser criado perdiam sentido com o tempo. Isso sem falar no envelhecimento do estilo e das idéias.

Não queria dizer que Flaubert não fosse compreensível hoje, nem que não continuasse a ocupar um lugar na Literatura universal, como tantos outros escritores do passado. Ao contrário. No entanto, prosseguia ele, justamente porque o mundo evolui constantemente, com base no próprio desenvolvimento da produção intelectual da Humanidade, em um jogo de reflexos necessários, é imperativo que o processo criador se perpetue. Era natural a perda de legibilidade de Flaubert, de Góngora, de Stendhal e, "sim-senhor", de Cervantes e Machado de Assis – não perda total, mas, "digamos, dizia ele, vinte por cento, ou quinze por cento, ou então oitenta por cento, no caso do Góngora das *Soledades* e da Sor Juana do *Primero Sueño*". Assim é que se abria espaço para que novos escritores, novas sensibilidades, novos modos de dizer e de pensar viessem, não substituir os antigos, mas acrescentar-se a eles, tomando o bastão nessa interminável corrida de revezamento que era a criação estética, "glória da humanidade no Universo". Se a humanidade deixasse de criar, concluía ele, para apenas viver do passado, perderia metade da sua razão de ser.

Saí do bar embriagado, entre triste e decepcionado ao ver abalados, com tanta veemência, os alicerces mais sólidos da justificativa em que costumava amparar-me cada vez que a vontade sublimada da escritura encarnava em uma inquietação vaga, para depois abandonar-me, como ocorrera certa vez em que tive uma súbita inspiração romanesca bem em meio a um demorado banho de chuveiro. Acabei por achar que o meu amigo tinha razão em princípio, mas ataquei mais tarde a sua teoria, sozinho, sentado à mesa de trabalho, atordoado ainda pelo arrazoado que ouvira, impassível e mudo, e pelo álcool a que nunca me acostumava, dizendo-me que a perda da *legibilidade* das obras era um fenômeno alheio a elas, que não lhes retirava grandiosidade, nem lhes diminuía o espaço que ocupavam, e apenas mostrava que a humanidade se descuidava dos seus melhores valores literários com um inigualável sentido de desperdício.

E nunca mais falei do assunto com ninguém.

— X —

De repente, aquela massa disforme de discursos e textos espectrais que eu escrevia para o Senador-Ministro quis tomar a forma mais específica de dois ou três trabalhos, os primeiros cuja redação foi precedida de uma, muitas, infinitas dúvidas da minha parte, traduzidas em uma inusitada disposição de discutir a ordem recebida, contrariando o meu obstinado costume de sempre cumprir o dever mal recebia indicações do que se desejava de mim.

Sempre procurava me adiantar às instruções, levando propostas de textos, *slogans*, dizeres, chamadas, legendas, quando mal se sabia a orientação da campanha ou as linhas gerais da peça que se estava preparando, e que terminavam muitas vezes não apenas por trazer-me reconhecimento da chefia e dos clientes, mas também por dar-me a vantagem da iniciativa, pois freqüentemente as minhas propostas de primeira hora serviam de base para a discussão e várias das minhas idéias prevaleciam pelo simples fato de se terem apresentado primeiro, em geral sob a forma de uns garranchos lançados no papel, que circulavam de mão em mão nas reuniões, às vezes em fotocópias.

Quando o Ministro me chamou, naquele dia, com um ar jovial que não me fez levantar qualquer suspeita, como se eu me obstinasse em abrir flancos precisamente nos momentos em que o meu destino desejava ser mais decisivo, apressei-me como sempre a colocar-me às suas ordens, aproveitando para levar-lhe dois textos ordinários que ele me havia pedido no dia anterior – um discurso insosso e uma entrevista que lhe haviam submetido por escrito.

Cheguei, fiz-me anunciar pela secretária, depois de conversar um pouco com ela, e aguardei o tempo habitual que antecedia qualquer audiência, porque os horários nesses casos têm uma unilateralidade inelutável, que os faz dever de quem é esperado e direito de quem aguarda. Acabei entrando na sala suntuosa para uma conversa cuja dificuldade jamais poderia ter antecipado pelo ar de pícara alegria com que me recebeu o meu Senador.

Depois de passar por trivialidades em que nunca se estendia como o fez daquela vez, ele foi finalmente ao ponto que me trazia ali. Queria que eu lhe escrevesse uma carta de amor, e fazia o seu pedido como qualquer outro pedido, acompanhado de indicações sobre o tamanho, prazo, tudo o que era aspecto exterior da sua encomenda.

Um misto de perplexidade e constrangimento me invadiu – uma impressão de que estava sendo vítima de uma burla de mau gosto. Nem sequer pude me sentir um Florentino Ariza *avant la lettre*, mesmo sem nenhum encanto, porque García Márquez ainda não se tinha lembrado de criar a personagem e isso certamente aumentava o meu desamparo.

"Uma carta de amor, Ministro?", rebati incrédulo, "para quê?", para ouvir uma resposta primeiro bem humorada, "para que há de ser?", uma daquelas perguntas que respondem a perguntas, "para que é que você escreve cartas de amor?", e logo em seguida uma imediata ponta de impaciência, "não interessa para quê", com sarcasmo, "é para uma mulher, não se preocupe", com alguma maldade já dirigida a mim, "as suas cartas de amor parece que são muito eficientes", colocando-me na defensiva, "eu vi uma delas em cima da mesa da minha secretária e gostei", e afinal assumindo a autoridade que desde o princípio lhe permitia apresentar-me aquele pedido da forma como o fizera, "não interessa para quê, eu preciso de uma carta de amor e não tenho tempo para escrever, você sabe disso", para concluir com irritação, já me sabendo martirizado e vencido na minha tímida resistência pelo simples fato de tê-lo contrariado, "você escreve ou não?". Seguiu-se um diálogo como eu não estava acostumado a ter com ele.

– Mas é uma coisa tão pessoal! O senhor está sem idéias?

– Não, mas não sei colocá-las no papel. Já deve ter acontecido com você antes. Olha, isso aqui é muito pessoal, mesmo, e é por isso que eu não quero que ninguém, nem a nossa secretária ali, saiba desta história. Vão pensar que eu estou ficando maluco. Mas o trabalho não é diferente de fazer os teus discursos, os artigos e conferências...

– Ministro, é difícil; não sei bem o que dizer. Eu não posso escrever uma carta de amor para uma pessoa que eu não conheço.

– Deixe de besteira. Você escreve qualquer coisa, a favor ou contra, e carta de amor, então, nem se diga. O pessoal aqui não fala em outra coisa. Eu nunca te disse isso, mas você deixa um bocado de rastros por onde passa, fazendo das suas. Eu só não sei como é que você consegue. Deve ser que não dorme nunca. Depois de escrever tudo o que eu te peço, ainda arranja tempo para vir com aquela conversa fiada para cima da minha secretária. Ainda bem que eu sou tolerante; mas que você podia ser mais cuidadoso, isso bem que podia.

Ele se referia possivelmente a uns bilhetinhos galantes que eu fazia chegar de vez em quando à sua secretária. Eu ia dizendo "não sei o que o senhor quer dizer", mas calei-me, convencido de que há certas pequenas verdades que não cabem em uma grande mentira, se a mentira é calhorda. Procurei, por isso, acalmá-lo, porque a sua reação já me havia impressionado mais do que o desejável. O meu desconforto já me indicava com alarme um sinal de perigo. Fui tomado por uma sensação intolerável.

– Desculpe, Senador... Ministro. Eu só queria insistir nesse aspecto da pessoalidade, se o senhor me permitir a palavra. Não sei das suas conquistas, acho tudo ótimo, dou muita força, até, mas eu tenho a impressão de que eu nunca vi o senhor escrever uma carta de amor nestes anos em que eu estou aqui.

– Você não sabe nada da minha vida, cortou ele, não sem razão.

– Ninguém precisa de cartas de amor para fazer conquistas, ainda tentei insistir. É coisa do passado. Eu, porque sou assim, escrevo, mas é mais pelo gosto. Isso de escrever muitas cartas é coisa de escritor frustrado. Elas nunca dão certo, mesmo; só arranjam confusão. O senhor até já se aborreceu comigo por causa delas: é a prova de que só trazem problemas...

O Ministro me olhou com enfado.

– Vai lá e escreve, vai. Você vai ter uma boa idéia, tenho certeza. Você anda muito ocupado?, acrescentou, mudando subitamente o tom, como se tivesse percebido que se havia excedido instantes atrás, mas, na verdade – só me daria conta quando já fosse tarde – preparando-me uma das suas incontáveis armadilhas, em que eu caía, sem surpresa, como o idiota que provavelmente era.

– Não é esse o problema. Por que o senhor então não manda flores para ela, com uma citação de alguém? Ela é loira ou morena?

– Loira.

– Então. Saint-Exupéry. O trecho do *Pequeno Príncipe* em que a raposa fala dos cabelos dourados e da cor do trigo, e de como ela vai se lembrar do Pequeno Príncipe quando olhar um trigal. É a coisa mais sublime que se pode dizer a alguém, mesmo entre aspas, desde que a pessoa tenha os cabelos loiros, é claro. O senhor não se lembra do trecho? Para mim é dos trechos mais bonitos que alguém já escreveu. Eu vivo procurando uma oportunidade para poder usá-lo...

E recitei o trecho de memória, em francês mesmo. O Senador ouviu e ponderou:

– Eu não quero citar ninguém. Quero alguma coisa minha, entende? Pessoal. Não é nada excepcional; é só porque eu fiz uma referência a essa vontade de escrever, outro dia, e me arrependi, porque ela disse que gostaria de receber uma carta minha. Bobagem, mas o que é que eu posso fazer?

Devia ser, de fato, uma imensa bobagem, mas enterneci-me, talvez por querer ignorar, com excesso de boa vontade, os meus próprios motivos de reticência e rebeldia. O Ministro percebeu pelo meu olhar uma fraqueza, algum tipo de hesitação interior, e acabou de me convencer:

– Bem, se você não quiser mesmo, pode deixar que eu peço a alguém. Só um rascunho. Você está muito ocupado; eu sei. Eu tenho abusado de você, não é? E a campanha das Casas do Norte, está indo bem? Eu fiz questão de que você mesmo se ocupasse daqueles textos, acrescentou, como se desse o assunto por encerrado, como era seu costume, mas deixando no ar a suspeita de que ainda esperava um desenlace favorável e de que se zangaria caso ele não ocorresse.

– Está bem, Ministro. Para quando o senhor quer a carta?, capitulei, sem maior batalha. Vou ter de dar um jeito. Perdi a prática com essas coisas do coração.

– Perdeu nada, piscou ele. Amanhã, no fim da manhã, está bem. Ela é loira, olhos verdes, orgulhosa, precisa de ser amolecida. No fundo, deve achar que eu sou só cafajeste. Você sabe que não, não é?

– Sei lá, Ministro, como é que eu vou saber? E, depois, isso não muda nada. Não quero nem saber o nome dela. O senhor está mesmo apaixonado?

– Amanhã. Capricha. Se isso der certo, todas as porcarias que você me escreveu até hoje não vão valer a metade do que vale essa carta. Não fica zangado. A vida é assim mesmo.

"É", pensei comigo enquanto me dirigia até a porta, "a vida é assim mesmo". "*Êta vida besta, meu Deus*", recitei. E saí, deixando aberta a porta, que a secretária correu a fechar.

— XI —

Inconformado com o meu novo destino de cafetão literário, voltei para a minha sala na agência e fechei-me em mau humor. Mas o Diretor de Criação entrou sem bater, para me anunciar, entre divertido e preocupado, que o contato de publicidade dos gringos das Casas do Norte havia telefonado para dizer que eles tinham aprovado os *lay-outs*, mas queriam os textos naquele mesmo dia, para pegar a edição de *A Semana*, que fechava às quintas-feiras para os anúncios, e os suplementos de moda dos jornais do fim de semana, o que portanto queria dizer que, com fantasmagorias ou sem, como ele se referia ao meu trabalho de *ghost writer*, eu não ia sair da minha sala até que os doze textos com variações e alternativas estivessem prontos, inclusive porque o Senador tinha pedido que eu me ocupasse deles pessoalmente, "caso eu não soubesse". A equipe toda já estava preparada e também os sanduíches para o almoço, e talvez para o jantar.

"Foda-se você e os seus sanduíches", errei de novo na sintaxe, ao mais uma vez imiscuir palavrões na minha fala. "E não precisa me ensinar que *A Semana* fecha quinta-feira", acrescentei, para arruinar de vez o meu vocabulário ao explodir em imprecações fortíssimas contra fatos e elementos que nada tinham a ver, como de costume, com as minhas inquietações e angústias, ou com os desmandos do meu destino. Declamando em altos brados que não faria texto nenhum para gringo de merda nenhum, que eles que se fodessem, que já tinha trabalho de sobra com a agência e o Ministro me explorando, que o Chefe me havia pedido um trabalho impossível para o dia seguinte, que eu dormia quatro horas por noite, quando todo o mundo sabia que eu precisava de no mínimo nove horas de sono, que eu trabalhava uma média de dezoito horas por dia, que ainda havia toda aquela estupidez da campanha de aniversário da loja de departamentos, baseada na idéia cretina de concurso de cupões, que eu achava uma abominação em publicidade, que tudo queriam para o dia seguinte, que eu estava esgotado e que, outra vez, os gringos que se fodessem com as suas Casas do Norte e a sua campanha de merda.

– Está bem, disse o Diretor de Criação, depois de me ouvir com grande paciência. Eles já disseram que se fodem, mas só depois de verem todos os *lay-outs* prontos com texto-e-tudo.

E, levando-me para um canto da sala, com ar amigo, acrescentou que eu devia pensar em tirar uns dias de férias, que eu estava visivelmente à beira de uma estafa, a ponto de ter "um qualquer-coisa", e que ele ajudaria a explicar tudo ao Chefe, se fosse o caso, e claro que era, ele bem compreendia.

Expliquei-lhe o motivo da minha inquietação, contando-lhe a história da carta e o começo desagradável de desentendimento que eu tivera com o Ministro por causa daquilo. O Diretor reagiu divertido. Era um homem feliz, aquele, não fosse pelos quatro maços de cigarro com que se defumava diariamente, e que nos levavam a dizer-lhe, de brincadeira, que ele era a primeira vítima das nossas propagandas que vendiam ilusão a troco de umas baforadas fedorentas.

– Qual é o problema?, foi logo perguntando, com a facilidade do alheamento e da irresponsabilidade. Pega um desses manuais de correspondência. Você acha que ele vai perceber?

Pela quarta vez naquele dia, e em curtíssimo espaço de tempo, mandei alguém ir se foder, e nem tive tempo de parar para refletir, com dor na consciência, sobre o por quê da minha recusa sistemática, a não ser em casos absolutamente excepcionais como aquele, de utilizar palavras de baixo calão no meu vocabulário, o que me obrigava tantas vezes a fazer circunlóquios impossíveis, utilizar referências veladas ou simplesmente calar-me, condenando-me sem condescendência a nunca ser, por exemplo, um bom contador de piadas, aspiração que, em franca contradição com a minha timidez crônica, eu alimentava intimamente, repetindo para mim mesmo, até cansar-me, anedotas que me faziam divertir-me como anão de circo, mas que era incapaz de reconstituir, completas e com um mínimo de graça, na presença de quem quer que fosse.

A alusão, contudo, à possibilidade de que eu fosse copiar de qualquer lugar, ainda que a título de sugestão ou modelo, textos que me sentia perfeitamente capaz de produzir às dúzias, se fosse o caso, embora nesse caso não me sentisse bem ao fazê-lo, entristeceu-me particularmente, porque me dei conta de que o Diretor, que eu considerava um dos meus poucos amigos no trabalho – amizade fartamente provada – havia demonstrado, por meio da verdade escondida em toda brincadeira, que não entendera nada. Eu queria que ele tivesse percebido que o problema não era qualquer dificuldade para escrever a carta de amor em si, mas sim que a carta de amor não correspondia em nada ao padrão de textos para os quais eu havia acabado por desenvolver, a tanto custo, a teoria da legitimidade do *ghost writer*. O problema era que a carta não estava prevista no contrato não-escrito que eu firmara com o Senador para fazer aquele trabalho. Intimamente, eu havia imposto certos limites, para mim naturais e óbvios, ao servilismo da minha escritura; não pensara em cartas de amor, mas certamente as englobava no conjunto de textos que, no meu entendimento e, acredito, também no entendimento das pessoas mais sensíveis, não poderiam jamais ser incluídos naquele acerto.

No meu espírito, bastava verificar que a carta de amor não teria por destinatário um público, uma multiplicidade de entes que se colocassem em uma relação social com o *ente semiológico da elocução*, em um processo em que haveria responsabilidade política, jurídica, social pela mensagem apresentada e uma autoridade, em princípio única e insubstituível na sua individualidade, que assumiria aquela responsabilidade. A carta de amor teria de ser dirigida a uma só e única destinatária (no caso), em uma relação puramente humana, afetiva; a forma e o conteúdo da carta, em suma, teriam de ser expressão de um sentimento exclusivamente pessoal – ou não seriam nada – e objetivamente faltavam-lhe todos os predicados e dimensões sociais.

Em resumo, eu sabia que não poderia jamais assumir de público a autoria dos discursos que escrevia para o Senador, e achava legítimo que assim fosse, porque era ele quem lhes emprestava sentido e autoridade; era ele quem tinha responsabilidade política, social e também jurídica pelos textos; mas nada me impediria de, conhecendo-a, apaixonar-me pela moça loira-de-olhos-verdes por quem o Senador se havia enrabichado e a quem eu poderia endereçar *exatamente* a mesma carta que eu estaria escrevendo para que ele assinasse, sentindo de fato os sentimentos que ali teria de fingir, e, possivelmente, com muito mais chances de êxito do que ele, embora me atraíssem sempre a vertigem e o abismo dos amores de sonho, porque ia entre a minha idade e a do Senador a diferença de um século, eu tinha vários quilos a menos que ele, nenhuma barriga ou ruga, e um olhar terno, temperado por explosões de bom humor e acessos de sentimentalismo, que costumavam, no meu entender, ter certa ascendência, não sobre os meus amores impossíveis, mas sobre mulheres de carne-e-osso que eu havia aprendido a apreciar nas suas formas e aromas menos etéreos, é verdade, mas de maior consistência ao tato.

— XII —

"Merda", eu disse, e pus-me a escrever a carta. Comecei dezenas de vezes, só para ver as folhas de papel branco, semimaculadas da tinta da esferográfica que eu quis utilizar porque não acredito em cartas de amor que não sejam desde um princípio escritas à mão, irem aterrissar uma em seguida à outra à volta do cesto de papéis. Na minha perplexidade enfurecida, não me dava naturalmente ao trabalho de recolhê-las à vala comum de frases tristes e palavras privadas de sentido que é a lata de lixo de um escritor, ainda que de textos publicitários e discursos de encomenda.

Saiu o que me pareceu na hora uma carta tosca, horrorosa, piegas, cheia de lugares-comuns, com um ar caricatural que me pareceria inverossímil até mesmo se o texto tivesse sido criado para figurar em um melodrama. Talvez nem fosse exatamente assim. Talvez a tal carta, escrita em uns poucos momentos livres, não fosse tão ruim, na sua linguagem derramada, mas firme e elegante, que eu pensava dominar perfeitamente. Afinal, para uma carta de amor que não era minha, a cujos efeitos emocionais e resultados práticos eu devia ser absolutamente indiferente, e que por princípio teria de ser bem recebida por quem a encomendou a mim, porque quem pode o mais, que é fazer uma encomenda assim, pode o menos, que é aceitar praticamente qualquer coisa em resposta, o meu arremedo estava até que muito passável, e assim deveria ter sido visto por mim, mas alguma coisa molesta me impedia de render-me à realidade da criação daquele texto.

Por isso, sem entender bem a razão, pela ameaça implícita na forma como me fora feito o pedido ("todas as porcarias que você me escreveu até hoje não vão valer a metade do que vale essa carta"), comecei a achar que deveria de fato ter feito alguma coisa melhor do que aquele suposto rebotalho que estava nas minhas mãos. Contrariando o meu costume, reli a tal carta cinco vezes antes de decidir que era inadmissível. Havia perdido um tempo enorme com ela, e foi com irritação e desespero que a vi aterrissar ao lado do cesto de lixo, junto às demais tentativas baldadas, triste como todo projeto falido – vingativa, no vazio que deixou, como todo texto rejeitado em safra ruim de idéias.

A minha irritação foi crescendo à medida que os minutos corriam e nenhuma idéia nova nem sequer passava perto da minha mente cada vez mais dispersiva – como se algo de novo pudesse ser dito em matéria de amor, ainda mais com aquele sentimento de aluguel que me animava. A tarde ia já bem entrada quando decidi adiar para a noite, ou a madrugada, a escritura daquele texto peculiar, certo de que, com a premência do *dead line*, trabalhando sob pressão, como tantas vezes, conseguiria terminar a carta e, sem tempo para refletir, decidir, ao velho estilo, que estava adequada, entregá-la sem relê-la e esperar que as horas passassem até que aquele assunto deixasse de ter o significado que a urgência, exclusivamente, lhe dava.

Entreguei-me, por isso, com algum alívio, aos inúmeros afazeres que me esperavam na agência. Dei ordens, rabisquei rascunhos, corrigi o trabalho dos meus colaboradores e, já prestes a entrar a noite, parei cinco minutos para tomar o ar tão especial de certas tardes mornas da minha cidade, antes de escrever, de uma sentada, os doze textos – variações em torno de um tema só, nada que valha a pena gastar dez segundos do seu tempo, leitor, para explicar – da campanha das Casas do Norte, com os seus gringos de merda e os seus produtos de segunda linha que tantas vezes me lembravam a incongruência do meu trabalho ali, porque nada é mais condenado ao fracasso do que a retórica quando o orador não acredita em nada do que diz.

Saí da agência já entrada a madrugada e fui com toda a equipe a um bar, onde os vi encher a cara, sentindo-me, provavelmente, superior a todo o grupo, animando a conversa, como de hábito, na minha continuada imitação do *Adolphe*, com uma série infindável de pilhérias que quase sempre jogavam com a linguagem e com algumas pessoas, mas na verdade escondiam os meus sentimentos e a minha timidez atrás de um disfarce de palavras em torrente. Perdi a noção do tempo, deixei-o passar, voltei para casa, dormi, acordei, regressei à agência, fui para a reunião com os gringos e todo o pessoal da campanha, e só quando o Senador exigiu aos berros, do outro lado do telefone, que interrompessem o encontro e me chamassem, lembrei-me de que não havia sequer pensado na desditada carta e na sua seqüela de mal-estares.

Amaldiçoei a minha incurável memória seletiva, que me criava apuros como aquele em que eu estaria dali a segundos, quando atendesse o telefone, ao mesmo tempo em que me fazia recordar detalhes ínfimos, como o número de vagões do trem que eu tomara, dezessete anos antes, para ir visitar uns parentes distantes, ou frases inteiras de histórias em quadrinhos, ou o horário da aula de ginástica no quarto ano escolar, ou o lugar, em um livro de oitocentas páginas, em que eu, dez anos antes, havia escrito o significado de uma palavra em francês; e lembrar com tais detalhes que para mim era mais fácil procurar a palavra naquele livro que no dicionário; e assim por diante. O desfile inútil daquelas inutilidades só me voltava à lembrança quando queria maldizer minha memória, a qual, precisamente por causa dos pormenores, me prestava tão valioso auxílio, na profissão de *rentier* intelectual.

Foi com esse espírito negativo e muito assustado – porque a dor de consciência dava por reais as ameaças e os riscos que só eu aventava no meu íntimo – que atendi o telefone, já preparando uma desculpa e pensando em pedir demissão (*"il n'y a que les sots qui donnent leur démission"*, pensei, com raiva, na lição de Stendhal no *Lucien Leuwen*). Mas ouvi do outro lado da linha o meu Ministro tão jovial, que não atinei com o fato de que ele não poderia estar aborrecido comigo pela simples razão de que ele *ainda* não sabia que a carta que encomendara ao seu cafetão-escriba não era nem projeto nem rascunho. O meu terror aumentou ao ouvi-lo dizer que dali a 30, 45 minutos, mandaria o motorista apanhar a carta, porque tinha almoço marcado com a loira-dos-olhos-verdes e queria que ela recebesse a carta antes do encontro, para que ele pudesse desfrutar do seu efeito durante a refeição.

"Acho que o senhor está exagerando no apreço pelo que eu escrevo", foi o que me ocorreu dizer-lhe. A resposta veio em tom irônico: "se for igual ao que você deixou em cima da mesa da minha secretária, naquele dia, já está mais do que bom; olhe, se eu não fosse casado, eu teria me atirado nos seus braços, seu pilantra".

"É que a carta ainda não está passada a limpo, Senador...", fui começando, querendo ver se o envolvia em uma mentira tímida. Foi inútil. Como em um jogo de xadrez em que o adversário é superior e antecipa todos os lances, ele respondeu rápido: "Não tem importância. De qualquer modo, quem tem de passar a carta a limpo sou eu. Carta de amor, não sei se você sabe, é escrita à mão". "Claro, Senador", respondi. Ele desligou.

Entrei em pânico. Voltei à sala para passar um bilhete ao Diretor de Criação, enquanto fingia prestar atenção na argumentação com que um dos gringos das Casas do Norte tentava demolir um dos meus textos, que ele achava, "ao contrário dos outros", incompatível com o "espírito da campanha", embora soubéssemos que era apenas para tentar demonstrar algum conhecimento do ramo publicitário e evitar que nós os "jantássemos e ainda palitássemos os dentes depois", como costumava acontecer, segundo a linguagem simplória que o Diretor de Criação insistia às vezes em usar. No fundo estávamos tão seguros do que fazíamos que nos submetíamos àquelas sessões com uma paciência chinesa; era como um gesto de caridade com o cliente, antes que ele despejasse nos cofres da nossa agência (e indiretamente nos nossos bolsos) os tantos por cento do seu descomunal faturamento anual destinados à publicidade.

Passei o bilhete, que anunciava uma "emergência confidencial", plena de significado na nossa reduzida linguagem privativa, aguardei ansioso um quase imperceptível gesto de assentimento, depois de ele levantar a sobrancelha esquerda enquanto lia, como fazia invariavelmente. Pedi licença e retirei-me no meio de uma frase em que o gringo, ainda insistindo em pormenores do meu palavreado promocional, massacrava a sintaxe, a fonética e a morfologia do vernáculo, com o descaso e a prepotência permitidos pela condição de pagante de todas as despesas e dos nossos pequenos luxos de *yuppies* subdesenvolvidos.

Corri à minha sala, sentei-me e ainda tentei, por uns minutos, à máquina mesmo, refazer, em desespero, a carta que eu na tarde da véspera recusara como ruim e que o diligente faxineiro já levara. Não recordava sequer se começava com "Meu amor" ou "Minha loirinha", ou alguma outra daquelas fórmulas desgastadas que fatidicamente abriam os meus lamentos amorosos, reais ou fingidos. Quando o chofer do Ministro chegou, ainda não tinha nem a primeira linha e eu estava em um estado de fazer piedade. Para piorar as coisas, em um jogo cênico de mau-gosto, no exato momento em que o rapaz respeitosamente atravessava o umbral da minha porta, a secretária chamava-me ao telefone para dizer que o Senador esperava pelo texto com urgência, porque sairia dali a uma hora e quinze e ia direto almoçar. E queria entregar "a tal carta" antes do almoço.

Ela me deu a impressão de não saber do que se tratava, e preferi não lhe fazer confidências de última hora sobre as minhas dificuldades. Em vez, disse-lhe, com maus bofes, que eu sabia o que tinha de fazer e não precisava de cobranças. Bati o telefone e ordenei ao chofer, que reagiu com certa estupefação, que me levasse até a minha casa. "Você tem cinco minutos inteiros para chegar lá" – ainda me lembra ter tido ânimo de brincar, antes de sentar-me no banco de trás e fechar a cara.

Chegamos rápido, depois de duas ou três tentativas do rapaz de puxar as mesmas conversas que sempre achava que fossem do meu agrado; desci, corri ao meu armário e, com um fatalismo que continuaria a me importunar anos depois, apanhei o rascunho da mesma carta que eu já havia mandado uma vez à minha italiana loira de grandes olhos expressivos e, depois, também à minha menina machucada. Dobrei-a ao meio e regressei ao carro. Olhei o relógio, enquanto estendia as folhas ao chofer. Disse a ele que me deixasse na agência e, em seguida, entregasse aqueles papéis ao Senador, dobrados como estavam, "que ele sabe o que é". O "sim-senhor" indiferente com que o rapaz me respondeu surpreendeu-me e desagradou-me, como se eu esperasse dele o gesto de uma última reação.

Durante muito tempo, nada – a não ser talvez a dor dos meus antigos amores impossíveis –, igualou a melancolia em que afundei depois de receber o telefonema com que o Ministro, ao cair da noite daquele dia, agradeceu-me entusiasmado a carta, sem deixar de manifestar alguma estranheza divertida com as referências que eu fazia aos *grandes olhos negros* da loira de cabelos de trigo que na carta era minha, quando ele tinha certeza de me ter advertido de que os olhos da sua loira eram verdes, "verdes, sabe, como as águas do mar do Caribe". Disse que tinha "tomado a liberdade" de acrescentar aquele símile ao meu texto, "porque sabia que você não ia se importar, claro".

"Claro, Ministro", consegui responder. "O problema é que eu só conheço o Caribe de lê-lo nos livros, e os livros, o senhor sabe, são em preto e branco".

Não tive ânimo para perguntar-lhe pelo efeito da carta, mas supus que tivesse sido positivo, pois o homem estava exultante. Como se o amor o tivesse recoberto com uma pátina que faz mais humanos os apaixonados, igualando-os provisoriamente entre si em uma instância superior, distinta, e que une, em um só gênero, todos os homens e mulheres que amam. Duas ou três das suas reações de criança feliz, quando o vi mais tarde, à noite, convenceram-me de que até o Senador era capaz de amar. Foi em uma daquelas recepções que ele e a mulher ofereciam em sua mansão, para onde me dirigira meio sem rumo. As reações dele mostravam tal sinceridade, eram tão absolutas e independentes em relação a todo o resto, que eu tive de me curvar à evidência de que não apenas o Chefe estava apaixonado – paixão de ocaso que pode anunciar uma mudança definitiva no curso de uma existência –, mas de que havia tido êxito na sua empreitada excêntrica, utilizando com sucesso a carta que eu não escrevera para aquele uso, mas que ele assumira com a mesma confiança com que tantas vezes se lançou perante um auditório lotado de políticos ou empresários, para ter por primeira vez diante dos olhos os textos que eu lhe produzia especialmente para aquelas ocasiões, com a improvisação e o vai-da-valsa costumeiros, e que ele lia e interpretava quase como se os soubesse de cor e tivesse tido prazer ao escrevê-los.

Derrotado por ver a minha carta fatídica, de infinitas recordações, surtir tantos anos depois o efeito preciso para o qual afinal fora escrita, deixei-me estar por ali, em meio aos muitos freqüentadores daquele palacete suntuoso, com a sua imitação de jardim japonês, indiferente a tudo – especialmente à senhora do Ministro, que até hoje deve estar querendo compreender a razão de eu lhe ter dado um sorriso tão triste quando ela se aproximou para me cumprimentar, e que não pode ter entendido o meu silêncio, as minhas respostas monossilábicas às questões que ela sempre me fazia com a sua simpatia habitual, nem, e sobretudo, o meu olhar de curiosidade e assombro quando divisei, com a intuição que às vezes me assustava – como se os pequenos episódios e lances dramáticos do meu destino se divertissem em só se deixar perceber no momento em que já eram inevitáveis – a única mulher no mundo que poderia ser a atenta e deslumbrada leitora da minha carta fantasmagórica. Vi-a chegar. Adivinhei-a pelo gesto de contida emoção com que a recebeu o Ministro, pelo instante adicional de atenção que lhe deu, pela serenidade e segurança com que ela, mais uma vez feita mulher, como que pairando acima daquela pequena multidão de hóspedes e comensais do poder, passeou indiferente os seus olhos de esmeralda e o seu corpo de estátua pelo ambiente de conchavos e gargalhadas exibidas que ali estava em movimento.

Era uma mulher belíssima, daquela beleza saída dos sonetos do *carpe diem*, que se repetem desde a noite da Literatura – Ronsard, Garcilaso y Góngora juntos –, a Marcela fugida do relato do *Quixote*, uma Diana escapada dos *Sete Livros* de Montemayor, atemporal como toda idealização, quase idêntica a todas as minhas moças etéreas das cartas de amor, mas com algo de realidade que lhe brilhava nos olhos, como se a mesma pátina que imaginara ver cobrir o Senador também espalhasse sobre ela uma espécie de bálsamo, que não por sabidamente finito deixava de ser inebriante.

Larguei a minha interlocutora falando sozinha e fui procurar o Senador-Ministro, de quem me despedi sem deixá-lo ver o que eu sentia, como sempre ocultado atrás de um cumprimento que o lisonjeou, "o senhor tem bom gosto, Ministro", e um pedido, "o senhor me devolve o rascunho que eu lhe mandei hoje com o chofer?", respondido com um ar misto de surpresa e enfado, "joguei fora", que acabou de selar uma parte do meu destino.

A Ilha. A mesma do primeiro romance. Lá onde desejava morrer e ser enterrado, à sombra daquelas árvores, ao pé das montanhas verdes de mata que se encontravam com o mar para formar mansas praias de enseada, suspendidas na eternidade do tempo marcado pelo relógio das ondas – tão suaves que pareciam demonstrar a obstinação do oceano em disfarçar-se de lagoa de plácidas águas para tentar escapar ao destino de ser caminho de passagem para os grandes barcos petroleiros que vinham de terras e mares longínquos, com a sua Babel de marinheiros errantes, carregados do piche que volta e meia se derramava, por inabilidades de práticos e contramestres, e arruinava a temporada de verão ou o fim de semana de frustrados banhistas e de velejadores enraivecidos, que regressavam furiosos com as velas alvas dos seus pequenos catamarãs manchadas de negro indelével, invectivando contra sultões e xeques distantes, que despachavam a peso de ouro aquelas imundícies para alimentar o milagroso e enfumaçado progresso da Pátria, sem atentar para belezas perecíveis como a água cristalina, os siris azulados das lajes semi-submersas, as manjubas que desfilavam à beira da praia em infindáveis cardumes e as areias brancas, com consistência de farinha de mandioca, que faziam o gosto de longas caminhadas à beira d'água, em solitária reflexão, em penas de amor, ou de mãos dadas com alguém, uma moça passageira, pouco importava.

O tempo que passa. Na mesma água cada vez mais contaminada das praias brancas do passado, a convivência democrática de novos-ricos em seus iates de fantasia e farofeiros de radinho de pilha a todo o volume, bóias de pneu e alegres cascas de laranja jogadas pelo chão. E a chegada de incontáveis forasteiros que ali haviam dado por engano, alguns dos quais, por ironia do destino, transferindo títulos eleitorais das putas do porto petroleiro no Continente para o domicílio eleitoral da Ilha, tinham alcançado as honrarias da vereança ou o supremo privilégio de governar o município, a gritos, do fundo do prédio colonial da Prefeitura.

O tempo que passa e um mundo que vive cada vez mais só na lembrança, surpreendendo pela ausência a cada retorno, a cada tentativa de reencontro com o que já foi e deixou de ser, sem ter perdido a dimensão de sonho que se quer voltar a sonhar.

Um desejo. Foi passageiro, como tudo começava a ser já naquela época. Debaixo de um banho demorado em que lutava por conciliar o fio d'água quente do chuveiro elétrico com o frio e o desamparo moral que sentia, veio sem anúncio aparente a sedução da possibilidade de tentar novamente a ficção. Bastava um tema.

Pelo resto daquele demorado banho, surgiram ao longe os dias em que escrever parecera a forma mais sensível e definitiva de fazer-se notar por um primeiro amor qualquer, mas era difícil achar interesse narrativo na obsessão de escrever ficções, enquanto a maioria dos meninos se ocupava cada vez mais, nas horas de lazer, com as formas mais definitivas que as colegas assumiam sob as saias curtas do uniforme escolar, ou com planos para virarem engenheiros, advogados, médicos ou dentistas.

Pareciam ainda mais distantes os anos da infância de menino frágil e doentio, agora reduzidos à vaga melancolia das recordações imprecisas, dos quadros difusos e atemporais que confundiam a memória da casa da vila burguesinha e pobre, que até hoje, com as suas fachadas de Volpi, canteiros que misturam flores e hortaliças, quintais de cacos de ladrilho e o cheiro de comida caseira, desafia os arranha-céus que foram crescendo como cogumelos à volta, ocupando baldios, destruindo casarões de venezianas amplas, cujos quintais cheios de árvores faziam a alegria da molecada, e criando tal congestionamento de carros e pessoas na rua que o pátio de pedras que esfolou tantos joelhos chegava a se transformar em uma imagem da paz em que antes se submergia, sonolento, aquele bairro de ruas estreitas.

A memória, debaixo do chuveiro, parecia esmerar-se em mesclar, em uma nuvem de indiferença pelo detalhe, a alegria atemporal das crianças, cuja imaginação faz de la-

tas de azeite ônibus da Cometa ou do Expresso e transforma pedaços de tábua mal serrada em navios, à angústia apenas percebida das noites de discussão em casa ou ao sofrimento ambíguo dos acessos de asma que traziam para perto da cama, para brindar a solidariedade do olhar desamparado, o pai em pijama e a mãe em camisolão, impotentes desde que o último curandeiro de subúrbio havia falhado com os seus xaropes de vinho avinagrado e o padre das benzeduras de óleo quente na planta dos pés se confessara confuso, até que a adolescência, com as suas ansiedades novas, tornasse obsoletos os chiados que no fundo traziam a suspeita de artimanhas inconfessáveis por trás do que fazia do doente, por momentos, o centro de atenção da família.

Não faltavam, portanto, recordações de infância. Um som ou um odor externos, ou ainda um trecho de música, bastavam para despertar imagens adormecidas que vinham sobrepor-se ao presente como uma bruma de inverno sobre a mata. Assim aparecia, por exemplo, o menino pequeno, de idade indefinida, espichado olhando dentro da vitrola, enquanto o disco de rótulo vermelho com o cachorrinho e o gramofone virava rápido lá dentro, e umas notas tristes, tristes como uma noite sem estrelas, davam início à Abertura 1812, *de Tchaikóvski, enquanto ouvia do pai que aqueles acordes alongados e cheios de melancolia, que introduziam a peça sinfônica a uns ouvidos entre curiosos e desconfiados, eram "o povo triste indo para a guerra".*

Ou então eram expressões cuja originalidade só se revelou quando a vida impôs a necessidade de conviver com gentes de outras regiões, de falas diferentes, de SS chiados e entonações como acalantos, que estranhavam quando se dizia, com a convicção do isolamento, que determinado objeto estava "de ponta-cabeça", quando se devia dizer "de cabeça para baixo", ou se exagerava na pronúncia do "e" para dizer "cor-de-rosa" e "de noite", ou ainda quando se repetiam expressões de casa, como dizer que uma bicicleta estragada estava "em frangalhos", que o carrinho de rolimã se "espatifou e ficou em pandarecos", ou ainda que o móvel ficara tão velho e "escangalhado" que estava "em petição de miséria". Se a gente por acaso não trouxesse alguma coisa que havia sido pedida, vinha "de mãos abanando" e levava "um pega", enquanto a "folia" dos meninos na sala deixava tudo "de pernas para o ar". O que tinha um fim imprevisto ia "para o beleléu" e caldo de manga ou qualquer fruta um pouco mais colorida que caísse na roupa provocava uma "nódoa horrível". Era preciso deixar a porta da cozinha fechada porque senão vinha "o gato", embora não houvesse nenhum gato específico dentre os infinitos que infernizavam a existência da vizinhança. Faíscas de pão e restos de comida poderiam atrair "o rato", enquanto deixar a luz apagada de noite era um "chamarisco" para que viesse "o ladrão".

Nada disso, porém, servia para começar um bom romance, e menos ainda um livro de memórias que valesse a pena, porque as autobiografias, para terem algum interesse, têm de ser inventadas para não parecerem temperadas apenas pela parcialidade da memória ou pelo viés dado pelos anos.

Por isso, afastada a tentação, a Inspiração do Chuveiro tornou-se apenas uma dor profunda e muda, que incomodou muito no princípio, mas depois somente de tempos em tempos, provocada por alguma súbita associação de idéias ou um lampejo maior de consciência da estreiteza do destino, como uma pontada própria de certos reumatismos que ainda tardariam para chegar, mas que já se haviam instalado discretamente em um canto do coração, para de lá avisar da passagem do tempo.

QUARTA PARTE

— XIII —

O regime começava a mostrar sinais de fim de partida, como se estivéssemos, neste Continente de ilusões, condenados a eternos ciclos – ciclos que, no passado, haviam feito brotar, para uma curta existência de fausto e exibicionismo, cidades borbulhantes de vida em plena selva, ligadas por linhas de barcos à Europa e férteis de aberrações como grandes senhores que acendiam os seus charutos em notas de dinheiro, mandavam as suas camisas para engomar em Lisboa e importavam as suas putas dos grandes centros da civilização, ali onde certamente conheceriam melhor as artes do amor refinado.

Um mundo começava a terminar; outro, novo, ainda não começava a nascer; e isso se fazia pela História anônima das ruas e também nos conchavos de gabinete. Mas, como a cortina da janela, fechada, só deixa para iluminar a realidade a luz que existir dentro do quarto, o Senador passava incólume por tudo o que acontecia, incorporando-se cada vez mais ao seu papel de Ministro encarregado de provar que havia uma vertente social no regime. Não que ele não tivesse um sentido aguçado do "bonde da História", como costumava dizer; apenas sabia que, nos novos tempos, o seu lugar seria muito reduzido se não aproveitasse para lançar-se de fato como figura nacional com um perfil próprio, conservador, mas socialmente engajado. Do contrário, o seu espaço em um eventual Governo de transição, em que tantos interesses estariam em jogo, acabaria sendo muito reduzido.

Movia-o também um certo espírito de aventura, facilitado pela segurança que lhe dava a sua imensa fortuna – certo de que, "enquanto o país vivesse sob um regime capitalista, ainda na hipótese pouco provável de que chegasse a ter um governo muito progressista que não fosse derrubado em meses", dizia, com uma ponta de cinismo, haveria sempre um lugar de realce para uma figura como ele, um grande político-empresário, fosse no Governo, fosse na oposição. "Mesmo que para isso tenha de dividir a mesma sigla partidária com oportunistas de todo tipo, esses marreteiros do bem comum, abortos da *virtù* de Maquiavel", bradava ele, para espanto meu, pois não era comum que se exaltasse além da conta.

Para isso, disse ele com uma sinceridade que chegou a me tocar, continuaria contando com a minha colaboração – cujo oferecimento eu imediatamente renovei, com mostras de reconhecimento, porque provavelmente me era indiferente, no fundo, o que o Senador fazia, desde que continuasse me assegurando a sobrevivência e o prestígio adicional de que gozava na agência de publicidade em função das atividades de *alter ego* do patrão.

Os discursos foram ficando cada vez mais leves conceitualmente, às vezes inacreditavelmente curtos, a ponto de mais de uma vez eu ter tido de chamar-lhe a atenção para a falta de consideração que três magros parágrafos poderiam representar para o público de eventos que, afinal, giravam em torno da presença do Senador-Ministro, ou o tinham como um dos pratos de resistência políticos, e cujos organizadores esperavam mais do dinheiro e influência que haviam investido para tê-lo ali.

Depois do episódio da carta, passou-se algum tempo até que eu me visse novamente na contingência de questionar a natureza do meu trabalho. Ao contrário, como que a anestesiar o resto da pequena consciência que me fez deixar a reunião na casa do Senador naquele dia, sem nem apresentar-me à moça de olhos verdes a quem *eu* me havia declarado, usando ainda por cima os artifícios de ficção de um texto de terceira mão, entreguei-me cada vez mais aos prazeres menores daquela vida de *yuppie*. Gastava a rodo o salário – corroído, é verdade, pela inflação que não cessava de crescer – em quanta estupidez o gênero humano é capaz de criar para fazer-nos acreditar que elas são necessárias e que a felicidade se mede por pequenas posses; comia nos melhores restaurantes, desfilava roupas de fina etiqueta, tinha um carro esporte caríssimo, e no fundo de certo mau gosto, e cultivava um ar *blasé* que combinava com a melancolia da descoberta dos primeiros cabelos brancos na cabeleira que me havia poupado do destino de calvície a que estiveram condenados o meu pai, o meu avô e todos os meus antepassados desde os tempos em que cultivavam a terra na Itália distante.

Cada vez mais distraído e indiferente, embora no trabalho ninguém me superasse em presteza e determinação, só fui perceber a aceleração de certas alterações no ânimo do Senador quando já era tarde demais. Sempre prestigiado no círculo íntimo que acompanharia o Presidente até o dia em que ele saiu pelos fundos do Palácio, em três limusines negras, para não ter de passar a faixa presidencial ao sucessor, o Ministro só tardiamente deixaria claro para mim que tencionava ampliar a sua área de atuação, sim, mas enveredando, no que dizia respeito às artes da palavra, por caminhos novos, de cujo urgente atrativo para ele eu não suspeitava.

Por isso, quando, de regresso da capital, ele mandou chamar-me naquela quinta-feira cinzenta, que imitava tempos passados em que a garoa fina era uma das marcas da cidade, mais uma vez deixei pela metade o meu trabalho na agência para correr-lhe ao encontro, sempre pronto a alterar prioridades para atender aos pedidos do meu Chefe.

– Um artigo sobre o Rulfo, Senador?, balbuciei, do fundo da minha surpresa, para enfado do Ministro, que me admoestou com o olhar como se eu fosse o último dos imbecis e o seu pedido não tivesse sido claríssimo. – Para uma *revista*? Que revista?

Juan Rulfo tinha morrido, somando ao silêncio que deixara desde *Pedro Páramo* e à imortalidade que lhe deram os seus dois livrinhos a ausência distante da eternidade.

– Eu não sabia que o senhor era admirador do Rulfo; o senhor nunca me disse nada. É o meu autor favorito. Sei o *Pedro Páramo* de cor, fui dizendo, para ganhar tempo e ver se compreendia bem o que havia acabado de ouvir, enquanto escutava com todas as sílabas que ele nunca lera o Rulfo, "uma lacuna", mas que tinha sido convidado a participar de um número especial da *Revista de Ciências e Humanidades* da Universidade Autônoma Federal, dedicado ao escritor mexicano, e não podia dizer que não, porque o convite tinha sido feito em termos irrecusáveis, dirigido não a um especialista, mas a um político e empresário cujo gosto pela Literatura e as Artes era conhecido e admirado. Era um testemunho de leitor, não de crítico, que lhe estava sendo pedido.

Esperei, sem reação.

– O que é que há? Por que essa cara apalermada? Cada vez que eu te peço uma coisa diferente você parece que sai do ar. É só um texto, como outro qualquer. Eu bem que preciso. Será uma injeção de ânimo considerável no meu ego. Devia ser no teu também. A revista é uma beleza. Eu sempre quis escrever alguma coisa para publicar nela. Cheguei a começar um artigo sobre a atualidade de Balzac. Depois achei que estava mais para o subversivo. Sabe como é...

Eu não sabia, nem podia imaginar como um texto sobre Balzac pudesse ameaçar o regime, e por essa razão seguiu-se um diálogo difícil, de que eu participei com o ânimo e o desespero dos que já se sentem derrotados, mas ainda assim se obstinam no combate, ao menos para deixar um registro íntimo, a ser usado eventualmente como desculpa em noites de temporal e muita insônia.

– Mas, Senador, não é tão simples assim. Todo mundo vai perceber que não foi o senhor que escreveu o texto. Pois se o senhor nem leu os dois livros do Rulfo, que juntos não têm mais de duzentas páginas...

– Eu leio, eu leio. Eu quero uma coisa pessoal. De admiração. Situa o homem na História literária e fala dele como um precursor. Essas coisas...

– Por que o senhor não lê os livros e escreve o senhor mesmo? São só duzentas páginas, e é uma maravilha.

– Acho que você não entendeu. O número já está fechado. Abriram uma exceção. O Reitor é muito meu amigo. Fomos colegas na Escola Superior de Administração. A gente conversou ontem. Eu disse que já tinha o texto pronto. Foi uma mentira piedosa. Eu não podia perder a oportunidade. E não podia dizer que não conhecia o Rulfo. Publicar uma coisa assim significa tanto para mim. Será que tem mais alguém que possa fazer isso? Eu entendo as tuas preocupações. Só que eu acho que você está exagerando. Com todo esse rigor, você vai passar a vida dando murro em ponta de faca. Mas talvez você tenha razão. E você anda tão ocupado. Quem mais poderia escrever para mim?...

Fiquei ali parado, depois de aceitar a encomenda com um pedido implícito de desculpas, enquanto me indignava com que dinheiros públicos fossem utilizados para editar uma revista salafrária, do pior estilo chapa-branca, que misturava politicagem com a melhor Literatura recorrendo a artifícios como o tal "testemunho" para criar a ilusão de que no país alguém próximo do poder se preocupava com valores do espírito, identidades latino-americanas ou expoentes da universalidade continental.

Uma tristeza imensa tomou conta de mim no trajeto pela rua, onde o frio e a garoa, como em uma cena de filme sem imaginação, vieram fazer contraponto à minha humilhação. Um cachorro vira-lata latiu para mim; um mendigo pediu-me uma esmola, que eu neguei, depois de fingir que examinava os bolsos à procura de trocados que sabia não ter. Passeei indiferente por aquelas calçadas que agora não me evocavam nada, vendo refletir-se no pavimento molhado a minha imagem e o rosto sombrio dos passantes apressados, prisioneiros de um quadro impressionista que os fazia anônimos, atemporais.

Voltei para a agência, tranquei a porta e só saí de lá para dar um pulo em casa, remexer nos meus papéis da Universidade e encontrar umas anotações de leitura de Rulfo e um trabalho sobre "Luvina", o conto que iria ser a matriz literária do *Pedro Páramo*, com as suas vozes, os seus fantasmas, a sua poeira levantada em turbilhão pelo vento e aquela aridez da existência humana que permeia as páginas do escritor. Nada que me servisse naquela emergência, nada que pudesse ser copiado ou requentado. Eu teria mesmo de escrever o tal artigo.

Terminei às duas da manhã, depois de tê-lo revisto infinitas vezes, contrariando mais uma vez todos os meus hábitos. Era um testemunho muito sentido sobre a importância da obra de Rulfo, que eu havia colocado como paradigma de um mundo, a América, que eu, o Ministro, havia descoberto em toda a sua trágica beleza através dessas metáforas de ilusão e desamparo que os maiores escritores do Continente criaram para espelhar à perfeição esse universo meio fora da História que somos nós, latino-americanos: Luvina, Comala, Macondo, o sertão de Guimarães Rosa, o Caribe de Carpentier. E ia por aí afora, leitor. Por aí afora.

Anestesiado pelo cansaço daquele esforço, dormi um sono agitado e logo cedo entreguei o texto ao Ministro, que o percorreu com os olhos, em rápida leitura interrompida por incontáveis telefonemas, corrigiu uns erros de datilografia com uma minúcia e uma acuidade que sempre me impressionavam e mandou que eu enviasse uma cópia passada a limpo para a redação da revista, na própria reitoria da Universidade Autônoma Federal, lá na capital. Foi só quando eu estava saindo que ele me chamou para agradecer e fazer um elogio genérico:

— Está uma maravilha. Eu não podia esperar outra coisa de você. Veja a confiança que eu tenho em você e como eu estou certo ao ter essa confiança. Afinal, sou eu quem assina o testemunho.

— Claro, Senador, com licença, obrigado, concluí, recuando transtornado e amaldiçoando a minha sorte que, não bastasse obrigar-me a cometer aquela violência contra mim mesmo, ainda por cima expunha-me àquele tipo de agradecimento, em que se subentendia a minha gratidão.

Saí de mau humor, atravancando nos lábios da secretária loira as palavras de admiração que ela começou a dizer, porque diz-que havia escutado muitos elogios ao meu trabalho desde a última vez em que nos havíamos visto. Depois, arrependi-me, telefonei-lhe e convidei-a para sair. No dia seguinte, a tal sobrinha do Ministro, furiosa por ter-me esperado inutilmente para o compromisso que nós tínhamos e de que me havia esquecido completamente, mandou-me dizer por intermédio de uma amiga que eu não precisava aparecer nunca mais por lá. Dei de ombros e mandei dizer que não estava quando ela me ligou dois dias depois, cansada de esperar que eu tentasse consertar a situação.

Nada, nem mesmo quando o Senador mandou para a gráfica uma enorme coleção dos seus últimos discursos, todos escritos por mim, reunidos em um volume chamado *Pronunciamentos — ação e determinação*, com que pensava reforçar o seu curriculum para um dia candidatar-se a alguma Academia, nada, eu dizia, igualou-se à dor que me causou ver o luxuoso número da *Revista de Ciências e Humanidades* da Universidade Autônoma Federal, dedicado a Rulfo, trazer finalmente à luz, ao fim de uma lista de artigos repetitivos, redigidos na sua maioria por críticos pouco conhecidos e professores da própria Universidade sob intervenção, de duvidosa competência e confusas inclinações ideológicas, o artigo que o Ministro assinava e que, sob esse disfarce, alardeava, ao menos para o pequeno público oficial da revista, as minhas impressões e sentimentos sobre a obra do escritor mexicano morto, homenagem anônima do leitor comovido e devotado àquele mundo de ficção e de ontologia latino-americana do qual o velho escritor representava a essência, ao lado de uns poucos mestres da narrativa e do pensamento da América Latina.

As minhas palavras sinceras, travestidas pela assinatura do artigo e pela pequena notícia biográfica do Senador-Ministro, assumiram a forma de aparição fantasmagórica, que nem a mais ousada recapitulação das minhas teorias sobre o lugar semiológico da enunciação, sobre a responsabilidade social da palavra tornada pública e sobre a legitimidade do escritor-fantasma foi capaz de afastar. Senti-me indigno de mim mesmo e tive vergonha de ter descido tão baixo, ao mesmo tempo em que, objetivamente, comecei a refletir sobre o caráter inarredável do meu destino, sobre a impossibilidade de uma recusa, sobre os deveres da lealdade e sobre as necessidades da minha própria sobrevivência material, para desembocar finalmente no argumento que, oferecido por uma consciência pouco afeita a sofrer mais do que o mínimo estritamente necessário, constituía para mim a rendição final em todos os embates em que eu só tinha a opção da derrota: a desimportância de tudo aquilo diante do Cosmos.

Quando o Senador, no meio de um grupo que o cumprimentava na sua sala, chamou-me para mostrar o artigo, com aquele ar de cumplicidade que ele sabia reservar apenas aos que de alguma forma conheciam os meandros da sua vida, felicitei-o. E enfeitei o meu fingimento com outras insinceridades, festejadas pelo grupo, a ponto de o Senador, depois de despedi-los à porta, e como que acreditando no que eu dissera, comentar entusiasmado que gostara da experiência e tencionava repeti-la, com menos improvisação, claro.

– Claro, Ministro, respondi. Quem sabe o senhor lê os livros? Ficaria muito mais fácil...

Ele se despediu de mim dando-me a mão.

— XIV —

No outro dia em que o Ministro me chamou fora do horário do expediente, semanas depois, vi que me enganara muito ao pensar que ele me pediria um discurso grave – para responder a uma série de acusações sobre corrupção que o haviam envolvido, agora que a censura havia cedido um pouco e ninguém mais no Governo continuava a ser inteiramente imune. Haviam descoberto favorecimentos na concessão de subsídios para a exportação de certos produtos e uma das firmas do conglomerado de empresas do meu Chefe estava envolvida. A coisa parecia bem feia.

Preparei-me para enfrentar um ambiente pesado, em que o mau humor dominaria a reunião, de que possivelmente participaria o advogado do Ministro, sujeito desagradável, arrogante e prepotente. Era o que havia ocorrido em alguns casos anteriores, de gravidade semelhante à do que eu supunha fosse o motivo daquela chamada. Qual não foi a minha surpresa, porém, ao deparar-me com um sorridente Senador, que me perguntou duas ou três bobagens logo de início, como fazia sempre que tinha de introduzir algum tema constrangedor – para mim, bem entendido – e precisava desarmar-me. Depois deu umas voltas pela sala e, decidido, foi dizendo que preferia ser direto, argumentando que estava atravessando um período difícil, sob a crítica impiedosa da oposição, de parte da imprensa e até de antigos correligionários recém-embarcadiços no que ele qualificava de *aventura política da democratiza-*

ção do país, "aqueles calhordas que mamaram o quanto puderam nas tetas do Governo autoritário e agora, ao primeiro sinal de que é tempo de diminuir os privilégios, abandonam o barco como ratos".

Aguardei com paciência que ele terminasse a arenga, procurando imaginar o que ele estaria armando para ocupar a minha existência nos dias em que, fora, multidões se reuniam nas praças para pedir eleições diretas para Presidente.

– O senhor está brincando, não é, Senador?, foi a minha reação, enquanto ele levantava a sobrancelha e me olhava com aquele olhar contrariado que marcava o início dos nossos piores diálogos. – Um conto?, ainda pude dizer com um vasto sorriso de incredulidade a iluminar-me o rosto. – O senhor quer um conto para quê?

Esperei pela pior reação, percebendo que, com aquela atitude plena da sinceridade que me havia faltado tantas vezes, eu havia avançado muito além do permitido no nosso entendimento tácito de amigos em relação de subordinação. Curiosamente, no entanto, o Senador pareceu vexado, como se tivesse de fato dito um despropósito. Em vez de imediatamente reagir com a veemência acostumada, mandando-me fazer o que pedia, parou por uns momentos, e uma sombra percorreu-lhe o olhar por um breve, quase imperceptível instante. Sua mão buscou apoio na mesa de tampo de vidro que estava próxima. Aprumou-se, contudo, como percebendo a sua fraqueza, e respondeu-me, não com a voz prepotente e autoritária com que se dirigia a mim na condição de seu *alter ego* inferior, mas com certa timidez, como que se desculpando.

– Eu sei que pode parecer absurdo, mas eu preciso que você me escreva um conto para o suplemento literário do *Jornal da Manhã*. Não me pergunte a razão. Não pense que não é penoso para mim pedir isso a você. Eu sei que estou exagerando...

– Acho que sim, Senador. O senhor nunca me falou nada de escrever obras de ficção. Se ainda fossem as suas memórias..., tentei, devagar, a referência às memórias, mais como uma compensação, mas ele me interrompeu.

– Quem estaria interessado nas minhas memórias? E, depois, eu ainda sou muito jovem. Memória é coisa de velho. Eu preciso de um conto. O jornal me ofereceu um espaço para eu usar como bem entender, mas eu prefiro não fazer política nesta altura. Achei que seria muito mais digno eu apresentar alguma coisa minha, que desse de mim uma outra dimensão, mais humana. Aí eu disse que gostaria de publicar um conto, eles toparam na hora. Agora é tarde. Eu não tenho ânimo para escrever nada. Olha, eu bem que tentei começar, mas é difícil. Eu estou muito esgotado.

– Mas o senhor tem tantas histórias boas, que conta com tanta graça. Eu mesmo já ouvi várias...

– Sei. Você já ouviu dezenas de vezes e sempre ri nos mesmos lugares. Deve ser difícil ter que fazer isso só porque é o patrão que repete a mesma história, pela trigésima vez...

Tive raiva, pois não compreendi a necessidade da alusão humilhante precisamente naquele momento, mas deixei passar porque ele parecia muito constrangido. Estava. Pela primeira vez eu me senti superior; cheguei a pensar que ele estivesse a ponto de implorar que o ajudasse. Como um pedido, não como ordem.

– O problema, Senador, é que conto, *mesmo*, eu não me sinto capaz de escrever. Se eu fosse capaz, não estaria aqui, nem teria estado nunca. O meu sonho de criança e de adolescente sempre foi escrever ficção. Mas eu não sou um escritor. Sou só um escriba.

– Você escreve tão bem, tem uma cabeça privilegiada para a escritura...

– É, mas eu nunca pude escrever um conto, um romance, nada. Nada que prestasse, bem entendido.

Contei-lhe resumidamente a minha história. Ele ficou pensativo por uns momentos e depois me disse que estava emocionado, porque nunca imaginara que por trás da minha segurança houvesse qualquer outra coisa que não fosse uma inabalável determinação de subir na vida. Não adiantou nada, porém, porque notei que ele no fundo estava apenas se desculpando por ter sido indiferente.

– Você vai me ajudar, não vai?, insistiu ele.

– Eu até que gostaria, Senador, mas como?

– Escreve uma história qualquer, depois a gente vê. Eu tenho uma reunião agora. Te ligo depois, lá na agência ou na tua casa. Ou então passa lá em casa, à noite, para a gente conversar. Vai um pessoal lá tomar uns drinques. Minha mulher anda preocupada com você.

O Senador se reanimou, ajeitou o paletó, ofereceu-me uma carona de volta, que eu aceitei porque não queria circular a pé pela rua naquela hora de movimento. Ele foi-me levando até o seu elevador privativo, que ficava em um *hall* separado e que eu nunca havia utilizado. Ficamos esperando em frente à porta de bronze impecavelmente lustrada, que ostentava por cima uma discreta plaqueta com os dizeres "exclusivo da Presidência". O elevador demorou muito e quando, afinal, tocou o sininho e a porta se abriu, uma multidão de serventes, *office boys*, um pintor com uma escada, um moleque-engraxate, dois seguranças e uma senhora gorda, provavelmente uma faxineira, de lenço amarrado na cabeça e sacola de compras à mão, apareceram diante de nós, divertidos, com uma algazarra de vozes em conversa fiada. Até a porta fechar de novo, a outro toque do sininho, assistimos à cena, de olhar apalermado. Depois que o elevador se foi, o Senador, visivelmente constrangido, mas procurando conter qualquer reação que traísse os seus sentimentos, tomou-me pelo braço e me levou em direção ao outro *hall*, em que esperamos outra eternidade pelo elevador comum, até que pudemos descer para a garagem, onde o motorista uniformizado nos esperava, impecável, com a porta traseira direita do sedã europeu "último tipo" aberta.

O Senador mandou-me que entrasse do lado direito, enquanto dava a volta e abria ele mesmo a porta do lado esquerdo. O chofer bateu a minha porta com pressa e foi às carreiras fechar, solícito, a porta do Senador do outro lado. Fiquei um pouco sem jeito naquela situação, mas não pude deixar de sorrir ao recordar brevemente o episódio do elevador. Quando o carro saiu à rua, acomodei-me no banco, apreciei um pouco o rodar macio do sedã, mirando o mundo pelo emblema que se elevava no capô, e pus-me a discutir com o Senador uns assuntos ligados à agência de publicidade. Antes de eu descer, ele me confidenciou que tencionava indicar o meu nome para o lugar do Diretor de Criação, que ia para outra cidade dirigir uma nova filial. A decisão seria tomada – ratificada – em uma reunião no dia seguinte.

Desci do carro exultante, entrei agência adentro com ar superior, cantarolei enquanto esperava pelo elevador, e só quando cheguei à minha sala foi que me lembrei do pedido esdrúxulo que o Senador me havia feito. Dediquei uns minutos a refletir sobre nossa conversa, perguntando-me se não havia exagerado na minha reação, que tinha sido pouco profissional ao mesclar, em argumentos de resistência, aspectos da minha vida dos quais o Senador nada devia saber. Perguntei-me depois se não seria possível, de fato, que eu escrevesse absolutamente qualquer coisa naquela condição de escritor-fantasma, e cheguei a pensar que o pedido do Senador talvez tivesse uma dimensão de desafio criativo porque, quem sabe, ponderava, ao forçar-me a escrever um conto, ao obrigar-me a escrever ficção, não estaria superando barreiras inconscientes, cuja natureza e alcance ignorara até ali? Quem sabe não seria aquele o modo que o destino punha ao meu alcance para desencantar a minha própria escritura de ficção?

Entusiasmado com essa perspectiva, mas achando que não podia perder de vista o caráter profissional e objetivo do trabalho que me havia sido encomendado, comecei a pensar no tal conto. Podia ser um processo de criação às avessas; afinal, para alguma coisa me haveriam de servir os créditos em Teoria Literária e Semiologia da Narrativa, em que eu dissecara contos e romances alheios, imiscuindo-me nas suas estruturas mais profundas, dilacerando-os, dividindo-os, interpretando-os, refazendo teoricamente o percurso da criação em cada um deles, sugerindo hipóteses, testando-as contra toda evidência, encaixotando a realidade a poder de golpes dos meus instrumentos prediletos de análise estruturalista, que funcionavam tão bem que os textos passavam a ser independentes de qualquer elo com a realidade que os criou e o mundo de quem os lê – autônomos, libertos de tudo e entregues à panacéia universal que eram os métodos analíticos, que só não explicavam como aqueles mesmos textos, durante séculos, haviam tido sentido e dimensão de supremo valor humano para gerações de leitores, que os consagraram e continuariam a consagrar, sem nenhum artifício de ilusionista que os ajudasse na faina imemorial.

Convencido, por esse meio, de que a tarefa que me cabia era relativamente fácil, e que nunca a tentara antes para proveito próprio porque nunca havia sido pressionado pelo pouco tempo – pressão que, para mim, sempre foi fonte superior de motivação e inspiração –, deixei o assunto descansar e dediquei-me a terminar o trabalho interrompido pela chamada intempestiva do Senador, passando daquilo a outros assuntos que me ocuparam até bem entrada a noite. Depois, dei uma passada pela casa do Senador, que já não fervilhava de gente como não muito tempo antes. Mesmo assim havia lá um grupo numeroso, e não pudemos conversar, o Senador e eu, como, ao menos na minha imaginação, deveríamos ter conversado naquela noite sobre o conto que ele me pedira e a promoção que ele me prometera. Fui deitar tarde, depois de catar na minha estante diversos livros de contos, entre os quais o de Rulfo. Li até altas horas da madrugada. Depois de explorar uns e outros autores, voltei ao livro de Rulfo e, pela milésima vez, reli alguns dos seus contos.

Uma sensação de impotência e desamparo foi tomando conta de mim à medida que relia cada uma daquelas pequenas obras-primas das quais nunca tinha sido capaz de aproximar-me, nem sequer toscamente, nos meus melhores anos de exclusiva dedicação à Literatura, no colégio. Lembrei-me da dificuldade que sempre tive para escrever contos e da nefasta conseqüência dessa dificuldade sobre o meu destino literário – acabei empurrado, sem qualquer senso do ridículo, sem qualquer noção de limite, diretamente à estréia na Literatura, aos quinze anos, com um alentado e desajeitado romance regionalista, até hoje inédito, tristemente amarelecido numa gaveta.

Sem poder dormir, entreguei-me ao prazer antigo que sempre havia sido para mim ver o sol nascer, mesmo na cidade e perdido entre prédios e sobrados, trazendo aquela indescritível alteração de sons que operam a transformação mágica da noite no dia, como um poema sinfônico, como no *Moldávia*, de Smetana: o trinado da flauta inicia suave e tímido o tema do lento amanhecer, um *adaggio* que será desenvolvido por violinos e oboés, em *crescendo* de sons que se respondem e ecoam e vão assim compondo o quadro sonoro do alvorecer, fazendo pouco a pouco do pequeno burburinho matinal o *allegretto* e o *allegro vivace*, que fluem como a luminosidade e vão dando a intensidade do tema trabalhado em todas as suas possibilidades, simulando as sucessivas horas da manhã, cada uma com as suas peculiaridades de movimento, ruído e plástica, até alcançar, com as horas do meio-dia, a majestade completa da Obra, para depois perder-se na sonoridade grandiosa do *finale* pleno de evocações e nostalgias, em arremate de tonalidades solenes que retratam, em cores amenas e em acordes alongados, a lenta caída da tarde e o domínio triunfal da noite.

    Saí no frio aconchegante do amanhecer e, repetindo um gesto quase mecânico que me ficara dos tempos de escola, fui até a padaria da esquina comprar o pão quente recém-saído do forno, magnífico na sua cor dourada e no cheiro inconfundível, universal e eterno como o cheiro da terra molhada depois da chuva, delicado, pleno de nostalgias, feito especialmente para combinar com o aroma do café passado na hora, ali, às cinco da manhã, convidando paladares, mesmo sendo café de máquina de padaria. Não resisti, pedi um cafezinho, sentei-me ao balcão e, enquanto bebia do copo fumegante, fui tirando lascas da minha bengala quentinha, por minutos em que o tempo parou, enquanto o dia se iluminava lá fora, no começo um clarão, depois um semblante de alvorada, logo um empalidecer do céu e os topos dos prédios mais altos que se entregavam, prazerosos, à carícia suave dos primeiros raios de sol.

    A cena me comoveu, tive umas idéias, enquanto respirava fundo aquele ar mesclado de memórias e sensações, acabei o meu café, voltei pensativo para casa e, às sete e meia, quando o ruído da rua já indicava a metamorfose plena que se operara no mundo à minha volta, tinha pronto o rascunho de um conto que escrevi sem precisar recorrer a embustes de qualquer espécie.

— XV —

Chamava-se "Raquel" e, para mim, no meu orgulho de artesão que acaba com esmero um objeto, estava bonito, tinha sustentação dramática, o estilo corria bem, como eu desejara, com alguns recursos narrativos, mas nenhum artificialismo, e muita emoção, sem ser piegas. Ao menos, assim me parecia. Trazia alguns dos meus *leit motive* favoritos e, como a provar que se tratava realmente de obsessão, fazia diversas referências ao *Adolphe*. Tinha algo de tragédia, coisa muito intimista, uma história não de amor impossível, mas de amor desamado, feito cinzas, porque Raquel me abandonava. Se o reproduzo aqui, leitor, não é porque queira reivindicá-lo a gritos ou exibir meus dotes de escritor, mas apenas porque a leitura do conto, mesmo *de atravessado*, sem ater-se ao detalhe, é importante para chegar ao fim desta narrativa que talvez já o aborreça. Era assim, no rascunho que fiz:

Raquel

"O que foi que você fez, Raquel? Eu não posso compreender. Eu não quero compreender. Nem quis acreditar quando vieram me dizer. Vieram me contar com tanta frieza, como se a gente sempre estivesse preparado para saber de tudo. Talvez porque eu sou muito distante, e então as pessoas dizem: "Esse aí não se interessa por nada", embora haja

muitas coisas que claro que me interessam. Mas vieram me dizer. Umas pessoas vieram. Eu não as conhecia muito bem, embora as tivesse visto vez ou outra, quando saíam da missa ou quando passeavam as suas horas solitárias pela praça. Quase nunca saio. Só vou buscar o pão, quando sinto, do meu quarto, que o pão saiu do forno, porque me chega o cheiro. Disso sim eu gosto. O cheiro do pão quente. Talvez haja outros cheiros de que eu goste, como o cheiro da terra molhada depois da chuva. Mas nada como o cheiro do pão que acabou de sair do forno. Só saio para buscá-lo, e por isso são poucas as pessoas que eu conheço. De forma que eu não conhecia os que vieram aqui para me contar. Pareceu-me muito estranho que viessem ver-me. Ninguém vem me ver, a não ser a senhora que me aluga o quarto e dois ou três estudantes a quem ensino francês. Mas não assim; de visita, ninguém vem me ver. Foi por isso que eu estranhei quando chegaram aquelas pessoas. Até tive medo. Digo, medo não, porque eu não tenho medo de ninguém. Foram mais é presságios.

— Não querem entrar?, perguntei-lhes.

— Não, obrigado, porque nós só viemos por um instante, responderam.

E o silêncio que veio depois me perturbou um pouco. Para dizer a verdade, eu me aborrecia com a presença daquelas pessoas. Será que não sabem que há muito tempo eu não gosto de ver gente? Será que não sabem que eu os desprezo? Bem, é, talvez eles saibam: por isso nunca vêm. Mas nesse dia vieram, e eu tive de falar-lhes, embora tenha dito muito pouco, porque eu não tinha nada que dizer. Eles sim é que tinham o que dizer. E disseram assim, tão a seco, assim, tão à queima-roupa, assim, com tanta frieza, que fizeram o meu sangue gelar nas veias, e eu não respondi nada. Fiquei olhando para eles. Muito tempo eu fiquei olhando para eles. Só que eu não os via. O mundo se desfez diante de mim. O resto de mundo que me tinha ficado. E não respondi nada.

Talvez por isso deram as costas e foram embora, sem dizer muito mais. Só disseram: "Até logo", e foram embora pela escada. Ou vai ver disseram alguma coisa mais, e eu não prestei atenção. Talvez tenham dito: "Felicidades", mas disso sim é que eu não me lembro. Só sei é que eu não disse nada. Por isso, talvez até tenham ido embora com má impressão de mim. "É frio", devem ter dito aos outros, na praça, naquela hora da tarde em que as pessoas juntam a sua solidão. Mas eu não fiquei sabendo de nada, e juro por Deus que não me interessa. As pessoas falam das outras porque não podem falar de si mesmas. Eu sim posso falar de mim, embora muitas vezes não tenha o que dizer. Então fico olhando o vazio, como fiquei fazendo depois que eles foram embora.

Não me lembro se eu tinha fechado a porta. Vai ver que não, e então por isso o vento esteve brincando com os meus cabelos. Sentei em uma cadeira. Tenho duas cadeiras no meu quarto: uma para mim, outra para o estudante que venha me ver, para as aulas de francês. Eu não gosto de dar aulas, embora goste do francês. Com isso de falar dois idiomas eu faço de conta que sou duas pessoas, cada uma diferente, e elas falam entre si. Mas naquele dia ficaram caladas. Muito tempo ficaram caladas, olhando o vazio. Acho que houve muito silêncio, porque apareceu debaixo do guarda-roupa um camundongo que eu não conhecia. Nunca tinha percebido que havia ratos no meu quarto. Nesse dia eu percebi, mas não dei importância. Talvez até fosse uma distração para mim, embora tivesse chegado tarde, porque então nada mais me importava.

Claro, já antes era muito pouco o que me importava: o pão quente, o barulho triste da chuva no vidro, o meu exem-

plar do Adolphe *de Constant e a coruja de cerâmica que eu pus junto de um velho porta-retratos que comprei de um antiquário, sem que me importasse a cara desconsolada com que me olhava aquele desconhecido, imobilizado no tempo pela fotografia. Isso era o pouco que me importava. Nem sempre tinha sido assim. Você sabe disso, Raquel, porque houve um tempo em que tudo o que eu fazia encontrava um lugar na tua alma. Agora não. Agora nada mais me importa. Nem sequer a corujinha de cerâmica que tanto gosto me deu quando eu a comprei. Não, já não. Mas quando aquelas pessoas foram embora, então sim foi que eu senti que o mundo tinha terminado para mim. A coruja continuou me olhando, mas eu já não lhe dava importância. Sentei na minha cadeira, e pensei.*

O que foi que você fez, Raquel? Você se lembra daquele tempo, quando nós fomos felizes? O tempo já não volta mais, como ele fazia a cada dia em que você estava comigo. Você se sentava junto de mim, perto da janela, e ficava muito tempo olhando por cima do meu ombro para aquelas linhas estranhas, escritas em um idioma que você não compreendia. Eu me lembro. Às vezes, uma palavra qualquer te chamava a atenção, e você a mostrava com o dedo. Eu te explicava, e você me olhava feliz como se quisesses agradecer alguma outra coisa em um idioma feito de gestos que só nós compreendíamos. O tempo já não volta. Os gestos já não voltam. Um dia você deixou de olhar o livro, e já não se aproximou de mim. Senti falta do teu cheiro, e procurei você com o olhar. "Ela tem alguma coisa", eu disse comigo, mas não me mexi do meu lugar. E você começou a estender quase até o horizonte os passeios que agora fazia sozinha, cada vez mais sozinha. No começo eu nem me dei conta. Foi só uma dor profunda. Mas isso foi no começo. Depois mudou tudo.

Eu me perguntei para quê aquela casa, para quê aquele jardim. Já não serviam para nada. Então eu peguei o meu exemplar do Adolphe *e vim para o meu quarto. Não é grande o meu quarto. Tem as duas cadeiras que eu já mencionei, a minha cama, uma mesinha e uma estante com poucos livros. São todos os meus livros. É só o* Adolphe *que eu tenho ao lado da minha cama, porque é do que eu mais gosto. Muitas vezes eu o leio em voz alta: dá a impressão de que há alguém comigo. Assim também treino o francês. Eu treino também tratando de explicar para mim mesmo algumas palavras que me agradam. Quase sempre o faço deitado na minha cama. A minha cama está perto da janela, a única que há no meu quarto. Como o quarto está no segundo andar, daí dessa janela eu posso ver até muito longe, até o horizonte. Sempre que posso eu.a deixo aberta, porque gosto do ar que vem do campo e que entra por ela.*

Mas agora já não. Já não tenho vontade de fazer nada. É, para quê? Não, já não. Antes sim. Antes, eu tinha uma vontade imensa de fazer muitas coisas. Você se lembra, Raquel? Nós andávamos, você e eu, pela estrada que margeia o campo, naquela hora do entardecer em que o mundo parece receber um último impulso de vida, para depois descansar durante a noite. A gente se dava as mãos e esquecia todo o resto. Mas depois você foi embora, e eu já não voltei a caminhar. As tardes me pareciam tristes e eu troquei o seu significado: pareciam então como se fossem apenas aquela hora do dia em que as trevas o invadem, e só.

Antes eu gostava da escuridão, porque você tinha medo dela, e então ficava mais perto de mim. Eram curtas as noites naquele tempo. Agora já não são mais. Agora são longas, insuportavelmente longas. Eram, pelo menos. Porque naquele dia em que vieram me contar, eu nem sequer perce-

bi quando foi que anoiteceu. Deve ter anoitecido na mesma hora de sempre. As pessoas devem ter ido até a praça, como sempre. Como sempre, devem ter ficado conversando. Os que vieram me ver devem ter contado aos outros como eu reagi. "Não reagiu porque é frio, insensível", talvez tenham dito. "Nem sequer agradeceu". Por que eu teria de ter agradecido? "Pelo menos tinha de ter agradecido. Se ela tinha uma relação com ele. Mais dia, menos dia ele ficaria sabendo... melhor que soubesse por pessoas honradas, que não fossem levar intrigas".

Por que foi que você fez isso, Raquel? Se eu nunca te reprovei nada. Se eu nunca te disse nada. Eu só ficava olhando o horizonte, e poderia ficar fazendo isso enquanto existisse o horizonte. Mas agora já não. Você se cansou, Raquel? Então você fez o que você fez. Você não sabia então que eu estive o tempo todo olhando o horizonte? Você não sabia que era de lá que me vinha a respiração? É, talvez você soubesse. Mas se você sabia, por que foi então que você fez isso?

Você foi embora, Raquel. Mesmo que eu não acredite, foi isso o que você fez. Vieram me contar. Foi isso o que vieram me contar. Você me tirou toda a respiração, você me fechou a única janela que eu tinha no meu quarto. Como vou poder sair do meu quarto agora? Você se lembra de como eu gostava do cheiro da terra molhada depois da chuva? A terra inteira é agora o que te separa de mim. Como é que eu vou gostar do cheiro dela? O pão quente cheira a enxofre. Já não tenho mais razão para ir buscá-lo.

Por isso estou como estou. Não me lembro se eu tinha fechado a porta. Mas isso não interessa mais. Não reparei se a coruja de cerâmica continuou me olhando. Decerto ela continuou, porque com aqueles olhos ela enxerga tudo. O *senhor do porta-retrato com certeza continuou me espiando. O seu olhar, imobilizado pelo tempo, continua não me importando. Eu nunca liguei para ele, por que o faria agora? Porque eu estou como estou, já absolutamente nada me importa: estendido, o olhar vidrado fixo no vazio, o cabelo um pouco movido pelo ar que com certeza entra pela janela e talvez pela porta, se é que eu não a fechei. O resto, igual como sempre. De novidade, apenas este frasco de comprimidos que, não sei se por ironia, foi cair vazio no chão de tábuas, eloqüente, como a vingar-se dos meses em que o tive escondido acreditando na sua cumplicidade.*

Sobre a mesa, o meu exemplar do Adolphe *continuava aberto na última página".*

— XVI —

Não tive tempo para reler o meu rascunho, feito à mão mesmo, sobre umas folhas amareladas de papel sulfite que eu havia encontrado no meio de uns papéis velhos. Deixei o texto repousando, preparei-me para ir trabalhar, exausto depois da noite sem dormir e das emoções da manhã, com o seu nascer do sol, o seu cheiro de pão quente e o conto mal-que-bem terminado sem que tivesse de recorrer, como disse, a textos antigos, a truques de ilusionista ou a artifícios de acrobata das idéias, e tomei um táxi até a agência de publicidade porque não me achava em condições de dirigir o meu carro novo até lá.

No caminho, cheguei a enternecer-me com a minha pequena obra, entusiasmado com os mistérios da criação que se haviam operado em mim. Pensei que finalmente havia rompido as barreiras que por tantos anos se haviam anteposto ao meu sonho de ingressar na Literatura pela porta da frente, renascido agora de sob as cinzas que os anos e a minha existência errática e fraudulenta haviam acumulado sobre ele. Ao chegar ao prédio da agência, porém, semi-adormecido, apesar do volume do rádio do táxi que disparava, uma atrás da outra, histórias hediondas de crimes contados com requintes de crueldade e sado-masoquismo por um locutor obviamente psicopata, que se comprazia em empregar dois, três e até quatro sinônimos das palavras-chave do seu relato – "o ladrão, o meliante, o bandido, o facínora, o criminoso, o larápio" –, despertei para a realidade ao dar de cara com o reluzente carro do Senador parado à porta. A Diretoria estava reunida: decidia-se o meu destino na agência, com cuidadosa atenção para que, depois, a decisão do meu Chefe fosse ratificada por todos os participantes, como sempre.

A lembrança trouxe, em seqüência lógica, a recordação de que eu escrevera o conto com um propósito específico, recordação que parecia haver-me escapado durante o acesso de inspiração criadora e que, por força de poderes desconhecidos, havia permanecido submersa no meu entendimento, aparentemente à espera de momento oportuno para exibir-se novamente em toda a sua dimensão de contrariedade. Foi o que aconteceu ali na calçada.

"O conto, puxa, o conto do velho, eu não trouxe o conto do velho, ficou em cima da escrivaninha", surpreendi-me, enquanto subia apressado até a minha sala pelo elevador, saudado com especial efusão pelos serventes, secretárias, *boys* e o ascensorista a quem eu nunca deixava de dizer duas palavras. Quando cheguei à minha sala, já havia um recado dizendo que eu era esperado lá em cima, na sala de reuniões.

Subi mais um andar, pela escada mesmo, e sequer tive tempo de cumprimentar os presentes à reunião, que já havia terminado, porque, mal me viu, o Senador, orgulhoso como pai que mostra o filho recém-formado aos amigos, foi logo dizendo: "Aí vem o nosso Diretor de Criação". Embora não fosse surpresa para mim, fiquei estupefato e não tive outra reação senão dizer, com a sinceridade que as situações extremas sempre me provocavam, e para riso geral – porque o Senador escancarou-se em gostosa gargalhada e os demais sentiram-se obrigados a seguir-lhe o movimento –, que eu não entendia nada de criação, que só gostava de escrever e de dar palpites no trabalho dos outros.

— E daí?, o Senador foi dizendo, eu também não entendo nada de Seguridade Social, e já faz um par de anos que sou Ministro...

Acabada a reunião, depois dos muitos efusivos cumprimentos dos que estavam na sala e de outros que foram chegando, um pouco intimidado, aproximei-me do Senador para, comovida e sinceramente, agradecer-lhe a indicação e a nomeação. Como ele sempre fazia quando sabia que merecia um agradecimento, diminuiu a importância do seu gesto, disse que eu bem que tinha os meus méritos, que não me impressionasse, porque ele sempre acabava ganhando dinheiro com a sua generosidade. E mandou-me arregaçar as mangas e trabalhar, que eu teria muito o que fazer. Fiquei sem saber o que dizer, agradeci mais umas vezes, recebi mais uns cumprimentos e saí da sala, mas voltei em seguida e interrompi o Senador, que conversava com o Diretor-Vice-Presidente.

— O conto está pronto, Senador, sussurrei-lhe ao ouvido. — É só passar a limpo. Espero que o senhor goste, porque eu suei tinta para escrevê-lo esta noite. Estou ainda sem dormir, mas acho que ficou muito bom. Eu, pelo menos, gosto...

— Ótimo, ele sussurrou de volta. — Não precisa passar a limpo. Manda a minha secretária fazer. Não tem tanta pressa.

Se ele não tinha pressa, pensei comigo, quem sabe eu ainda teria tempo para escrever outro conto, este sim para o Senador. E guardar o meu, em respeito à inspiração de que eu já me orgulhava. Fiquei feliz com a idéia, mas ela sobreviveu apenas por alguns segundos na minha cabeça. Ao voltar para a minha sala, encontrei um par de serventes solícitos que aguardavam as minhas ordens para fazer a minha mudança dali para a sala mais ampla e com melhor vista, no andar de cima. Daquele momento em diante, esqueci por completo da minha iluminada inspiração matinal e, por dias, não me ocupei senão do meu novo cargo. Dirigi reuniões, promovi alterações, entrevistei candidatos a empregos – inclusive de redator – criados pela continuada expansão da agência, conversei com clientes, resolvi problemas e tive idéias, que, afinal, era para aquilo que eu estava ali. Quando fui dar por mim, o meu destino já estava irremediavelmente traçado, porque um dia o Senador ligou e me cobrou o conto, aquele, que eu dissera que estava pronto. Ele estranhou que a sua secretária ainda não soubesse de nada e me repreendeu pela negligência.

– Desculpe, Senador, comecei imediatamente a explicar. – Com a confusão aqui, eu acabei esquecendo de providenciar. O senhor disse que não tinha pressa e então eu me despreocupei. O conto está pronto faz tempo. Agora mesmo mando para o senhor. Espero que o senhor goste.

– Bem, ele disse, e desligou.

Fiquei apreensivo, pensando que talvez ele estivesse achando que eu havia blefado no dia em que fui promovido, só para ser gentil com ele e retribuir o favor. Mandei o chofer encostar e dei uma corrida até a minha casa. O conto estava ainda em cima da escrivaninha, onde o havia deixado à espera de uma revisão, que eu, de acordo com velhos hábitos, não havia feito. Peguei o manuscrito, voltei ao carro e, durante o trajeto, reli pela primeira vez o meu texto.

Gostei dele infinitamente menos do que quando acabara de escrevê-lo. Era como se o encantamento daquela manhã se houvesse dissipado com os dias que se sucederam, indiferentes, e com a nova onda de agitação que passara a movimentar a minha vida. Pareceu-me um conto sombrio, pessimista, um pouco sem-pé-nem-cabeça, um dramalhão. Além disso, havia nele alguma coisa de que eu não gostava, que me soava artificial, mas que não soube identificar. "Deve ser coisa de principiante", disse comigo. O carro chegou.

Subi à minha sala, pela escada, porque os elevadores estavam demorando, meti o conto em um envelope lacrado e mandei que o entregassem ao Senador. Doze pessoas me esperavam para uma reunião da nova equipe. Antes de começarmos, perdemos uns minutos comentando as últimas acusações de corrupção contra o Senador. Eu só fazia comentários cautelosos, cheios de matizes, insistindo sempre em chamar de "alegações" tudo o que dizia a imprensa. Depois, cortei a conversa e chamei toda a gente à ordem.

Quando o Senador telefonou, mais tarde, a sua voz parecia cansada, mas nem o cansaço diminuiria o impacto dos seus comentários.

– Que espécie de conto é isso que você diz que me escreveu?, foi perguntando ele. – Eu, hein?!

– O senhor não gostou, Senador? Se o senhor quiser, posso tentar outra coisa...

– Não dá tempo. Não é tão ruim. Podia ser melhor. Menos pessimista, menos sombrio. E quem é Adolphe? Adolphe? Você acha que eu posso assinar isto?

– *Adolphe* é um romance de Benjamin Constant, o francês, que aliás era suíço, não o outro. É a melhor coisa que já se escreveu, se tirar o *Quixote*, é claro. Era o livro de cabeceira do... como chama? Bem, acho que não interessa. Não sei, Senador. Só o senhor pode decidir. Eu escrevi com uma inspiração muito forte. Na hora, gostei muito, muito mesmo. Mas talvez não seja bom. Não tenho como lhe dizer. O senhor talvez pudesse pedir a opinião de alguém...

– Nem pensar!, cortou ele.

– Nunca escrevi nada parecido antes, continuei. Se fosse um discurso ou um anúncio, eu saberia o que dizer. Eu gosto, mas confesso que eu gosto menos agora do que na hora em que eu acabei de escrever, concluí, com cautela, como que antecipando problemas.

— Eu tinha pensado em outra coisa, uma história de boiadeiro, ou de um daqueles retirantes que chegam aqui na cidade...

— Boiadeiro? Mas o senhor não me disse nada, Senador. Como é que eu ia saber? Literatura não é como discurso, que a gente sabe direitinho o que é que o chefe quer dizer e como. Depois, aqui entre nós, acho que o senhor nunca viu nem um boiadeiro nem um retirante a menos de cem metros de distância.

Disse e imediatamente me arrependi, porque é claro que ele já havia visto boiadeiros e retirantes a menos de cem metros, do alto dos palanques, nas campanhas.

Fiz a correção, mas o Senador já não havia gostado.

— Acho o seu conto deprimente demais. Parece coisa de existencialismo macabro. Rá, rá, rá!

— O senhor me devolve, que eu escrevo outra coisa...

— Não dá tempo. Mas fica sabendo que, da próxima vez, discutimos o assunto antes de você escrever. Como vai o novo emprego? Muito trabalho?

— Bastante.

Fiz uma pausa. Silêncio do outro lado. Senti-me na obrigação de dizer qualquer coisa.

— Senador, agora que o senhor já quase não me pede mais discursos, o senhor não vai querer que eu escreva a sua obra de ficção, vai?

— Você só não escreve se preferir indicar alguém para o seu lugar.

Fiquei em silêncio. Dessa vez ele reagiu.

— O que é que há, meu caro? É brincadeira. O conto foi só um capricho. Já vi que eu não tenho vocação para essas coisas. Vou mandar passar a limpo e entregar. Disseram que sai neste domingo ou no próximo, na última página do *Suplemento*. A gente vai comemorar junto.

E ele desligou.

Pensei que a minha reação fosse ser outra, mas a resposta dele me tranqüilizou, e voltei aos meus afazeres. Tivemos de suspender o trabalho às quatro da tarde porque estava programado um comício gigantesco em favor de eleições diretas, com passeata que passaria pela avenida onde ficava a minha agência. Por mim, não teria suspendido o trabalho, porque trabalho de agência de propaganda vai até muito depois de entrada a noite, e quando tivéssemos de sair a manifestação já estaria acabada. As ordens, contudo, tinham vindo muito de cima.

Dispensei quem quis ir embora e fiquei trabalhando até de madrugada.

Monólogo dos amores impossíveis
(para uso futuro em alguma grande obra sobre as inconsistências do amor)

"Eu conheço mais do que ninguém a história dos amores impossíveis. Eles começam como uma inquietação vaga, que cede lugar a um fascínio exuberante, a um desejo sem limites, além do desejo próprio de todas as atrações amorosas, e assim passam a dar um sentido quase único à existência, e de forma tão imperiosa que se começa a ver o mundo unicamente por esta lente deformada. Depois, entram na etapa mais afanosa da afirmação, quando o mesmo objeto amado, feito primeiro entre todas as realidades

do mundo, apesar da sensação inelutável de distância que assombra e deprime, começa a ocupar um lugar desmesurado na ordem natural das coisas, a organizar o tempo inteiro e cada minuto, a reger os sonhos, a criar a ilusão dos sentidos que em tudo vêem um sinal de esperança ou um motivo de desalento, a orientar, enfim, com o poder do absoluto, os mínimos detalhes e significados da existência. Entre a euforia das esperanças enganosas e a depressão da realidade do implausível, os amores impossíveis acabam evoluindo para uma forma de dor constante, fruto da privação continuada, da impressão de falta perene, daquela inaguentável sensação de dupla e irreparável perda – a do amor que não é mais, sem nunca ter sido. Depois, distorcidos pelos ciúmes que inevitavelmente surgem da demora sem fim e do êxito desconsolador dos outros, os amores impossíveis passam, do fascínio do início, a encarnar tudo de ruim que um ser humano pode menos querer: a sensação de ser pouco, de ter chegado tarde, de ser menos por isso, e ainda ficar menor, de ter a vida dominada por um fantasma que assombra nas trevas das noites de insônia e não se desvanece quando a luz do dia traz a memória de que a vida deve continuar, envolta na solidão absoluta ou nas distrações dos pequenos afazeres e dos prazeres insípidos. Quando, finalmente, chegam ao paroxismo da idéia de que é então a morte o que vem pôr termo a tudo, já que o tempo custa tanto a passar no vazio sem fim deixado pela ausência que nunca foi presente, a vida apresenta este último, triste, irrebatível, irresistível argumento de esperança: se eu morresse amanhã, e ela chorasse, ou não chorasse, do que adiantaria?"

FINAL

"La vieillesse n'est autre chose que la privation de folie, l'absence d'illusion et de passion".

Stendhal, *Lucien Leuwen*

— XVII —

Quando vieram com aquela história de que o "meu" conto era tão calcado na obra de Rulfo que o menos que se poderia dizer era que se tratava de uma espécie de plágio mal feito, o Senador-Ministro estava viajando. Os seus assessores logo acharam que a alegação era mais uma intriga contra ele, na onda de acusações que o envolviam como figura proeminente de um regime que começava a acabar, e a acabar mal. Ao menos foi esse o sentido da consulta que me fizeram dois deles, consecutivamente, no dia em que o principal colunista social de um grande jornal, concorrente do *Jornal da Manhã*, estampou com todo destaque, na sua linguagem empolada, uma nota picante que, em resumo, dizia que o Ministro publicara um conto plagiado de "um" escritor mexicano. A nota, em tom de escândalo, recordava a suposta admiração do Senador por Rulfo, apresentada meses antes em um artigo para a *Revista de Ciências e Humanidades* da Universidade Autônoma Federal. O texto mencionava um crítico literário do próprio jornal, que eu conhecia dos tempos da Faculdade e que teria dado o alarme.

Ao primeiro daqueles chamados, fiquei estarrecido na minha cadeira. Fui colhido na maior inocência. Respondi, por dever de ofício, que era intriga barata, dessas a que algumas vezes se prestam os colunistas, no afã de atropelar tudo para dar um "furo". Comigo, pensei que aquela trapalhada – que, pelo jeito, só estava começando – provava que o Senador cometera um erro ao escolher explorar a dimensão de "homem afeto às Letras", em vez de responder com fatos e provas às acusações – que ele dizia infundadas – de corrupção, tráfico de influência e malversação de fundos públicos.

O chamado seguinte veio do todo-poderoso advogado do Senador, que já havia dado uns telefonemas e descoberto, primeiro, que o homem ficara lívido de ódio com a história; segundo, que eu ajudaria muito se fornecesse – como ele esperava – os elementos indispensáveis para rebater as acusações; e, terceiro, que o jornal tencionava explorar um pouco aquele filão, jogando o assunto para uma coluna política com o fim de ridicularizar o Senador.

Tentei ganhar tempo com comentários gerais sobre o gosto literário do Senador, mas o advogado me cortou:

– Sei, disse ele, mas ninguém vai querer ouvir essa conversa. Eu quero saber é se há motivos para acreditar que o Senador plagiou alguém. Você sabe do que eu estou falando.

Afirmei, já sem muita certeza, que aquela história não tinha fundamento e que não se responde a colunistas sociais, porque, achava eu, responder era entrar em outro de tantos jogos de cartas marcadas. Além do quê, cabia ao acusador o ônus da prova.

– Isso tudo é muito bonito, cortou-me de novo o advogado, mas não estamos num tribunal, e sim em plena arena política. Aquele jornal tem uma pinimba enorme com o Senador. Se houver alguma coisa, por mínima que seja, vão explorá-la até o fim. Não é a porcaria do conto que interessa, em absoluto; você sabe disso. Estão atrás é do nosso homem, que precisava dessa nova briga tanto quanto de um furo no bolso. Por causa de uma bobagem, vão criar um constrangimento desnecessário e doloroso ao Ministro... a um Ministro de Estado! Veja aí o que você pode fazer. Tenho

certeza de que você tem mais responsabilidade pelos dotes literários dele do que me interessa saber... Vê se me ajuda.
E desligou, deixando-me boquiaberto do outro lado.
A minha primeira reação foi de absoluta derrota. Depois, à medida que a consciência clareava, reaparecia com força a sensação de incômodo que havia sentido com o meu conto, na segunda e última vez que o li. Depois, veio uma enorme inquietação.
Eu nem precisava verificar. Era plágio. Plágio, não. Era uma espécie de colagem de estilo – as frases curtas, telegráficas, o falar camponês, que soava artificial em um conto intimista-urbano, aquela reiteração constante que o relato fazia de si mesmo, aquele fluir sincopado da narrativa, tão impessoal, sem vínculos causais, pleno de indiferença, com a violência existencial que no entanto aparecia travestida pela linguagem, neutralizada, desviolentizada, tornada natural. Tudo era Rulfo, e nada era Rulfo ao mesmo tempo. Uma imitação barata. O Rulfo que naquela noite eu havia lido até esgotar-me, antes de ceder ao poder da única inspiração de que eu era capaz naquela altura da minha vida, como se um reles nascer do sol entre prédios velhos e o cheiro do pão vagabundo que os padeiros da minha cidade fazem, abusando do bromato na massa, fossem de fato capazes de inspirar quem quer que fosse a produzir grandes obras de arte; o Rulfo de que eu me havia embebido até a embriaguez antes de me pôr a escrever o meu conto, puro artifício de linguagem para contar uma história mal enjambrada, sustentáculo de um exercício escolar, ainda que inconsciente, de imitação de estilo. Um prodígio de simulação que, no entanto, eu havia assumido como grande realização, enchendo-me de orgulho vão, para depois, outra vez, vendê-la barato, pelo que eu acreditava que valesse, em troca de mais uma ascensão, de mais

um conforto, de mais um pouco da sensação pequena do poder limitado que eu ia juntando à sensação ainda mais limitada da minha existência. E agora?

Foi como se o colunista social e logo o colunista político que assinava o "Breviário" no outro jornal recebessem de mim, diretamente, as indicações sobre como explorar o caso. No dia seguinte, no mesmo tom jocoso e provocador que já se notava na primeira nota, a coluna social ridicularizou um pouco mais o Senador, enquanto o "Breviário", em notas numeradas de um a quatro, publicou trechos do conto do Senador, cotejando-os com passagens de diferentes contos de Rulfo e com o *Pedro Páramo*. Nada que comprovasse o plágio específico, literal, mas eram o estilo, diminuído obviamente no conto do Senador, e a aridez da personagem o que mais chamava a atenção. Todas as notas apontavam, risonhamente, para o fatídico "cabeças vão rolar", alusivo à insinuação escandalosa de que o Senador não tinha escrito o conto de próprio punho e havia utilizado um *ghost writer* incompetente, cujo emprego estaria por um fio. Uma quinta nota do "Breviário" dava uma sumária indicação sobre Rulfo e recordava que os seus dois livros haviam sido traduzidos e podiam ser encontrados nas livrarias. "Ao menos isto", suspirei.

Sem nenhuma instrução que me cobrisse, telefonei ao crítico que aparecera na primeira nota, dizendo-me assessor do Senador e manifestando interesse em conversar sobre o assunto. O crítico, depois de relembrar comigo os tempos da Faculdade – tínhamos sido colegas! –, foi muito aberto, simpático e sincero. Disse que já nada mais poderia fazer. De sua parte, apenas assinalara, em uma conversa de fim de expediente, a semelhança longínqua de estilo – "Você sabe... Quem diria que o chefão aí escreve que nem o Rulfo?". Foi o que bastou para que o colunista social visse ali um bom filão e vendesse a idéia para a diretoria do jornal, que tinha o meu Senador atravessado na garganta há muito tempo, não por questões políticas ou ideológicas, que o jornal não era muito disso, mas por outros interesses. A questão tinha escapado do seu controle; ele nem queria perder mais tempo com "um caprichozinho de político no ocaso", mas recebera ordens expressas para ajudar a explorar "até o osso" o deslize literário; só para amolar o Senador e dar-lhe algum trabalho, com uma boa diversão. Depois, em tom de cumplicidade, ele me perguntou: "Não foi você que escreveu o conto, foi?"

– Imagine! – quase gritei. – Há anos que eu não escrevo ficção; isso é coisa do Senador; ele de fato gosta muito do Rulfo e tem sentido umas inclinações literárias. De qualquer modo... parece que vocês estão querendo matar na fonte um escritor nascente... E ainda acrescentei, sem muita convicção: "É pena".

Agradeci, desliguei e entrei em pânico. Pensei logo – como se essa tivesse de ser a minha primeira preocupação – que a resistência a escrever o conto e o modo ambíguo como o apresentara, depois de pronto, levariam o Senador a suspeitar de que eu tivesse agido de má fé ou que atendera com descaso ao seu pedido. Como ele nunca lera Rulfo, nem ia lê-lo agora, eu nunca conseguiria provar que não havia plágio, mas mera "influência". Era pouco, mas era a única idéia que me ocorria e agarrei-me a ela. Cheguei a armar a minha defesa e argumentava, para mim mesmo, que podia certamente ter sofrido o forte impacto do modo de contar das personagens de Rulfo, que falam em primeira pessoa, como a desafortunada personagem do meu conto. Mas que não havia plagiado, eu tinha certeza. Até a evidência de o conto ter sido escrito na nossa língua, e não em espanhol, demolia a tese do plágio estilístico, porque é o espanhol que permite a

Rulfo usar as expressões que usa e tratar como trata a matéria verbal e narrativa. Fui muito além na construção teórica, esmiucei todas as diferenças óbvias nos estilos e nos temas, e ignorei as semelhanças, que não eram identidades literárias plenas, mas sugestões de apropriação. Angustiava-me, contudo, saber que ninguém estaria interessado naquelas sutilezas, que, aliás, não se sustentariam em nota de resposta para coluna de jornal, resposta que, por sua vez, nunca seria publicada na íntegra, o que aumentava o risco.

Tocou o telefone. Era a secretária do Senador, que primeiro quis comentar comigo o assunto do conto, que era outra vez o assunto do dia no escritório e na agência, depois quis saber quem tinha de fato escrito aquela "coisa" e só então me disse que ia me passar o Chefe, que queria falar comigo.

Não foi uma conversa fácil, porque o Senador, cansado da viagem de que chegara naquela manhã, para ser recebido com a nota da véspera e a continuação da história naquele dia, parecia constrangido, como se soubesse no íntimo que grande parte da culpa cabia a si próprio. Ele dispensou as minhas desculpas vagas e as minhas tentativas de explicar o que me parecia passível de explicação, e me convocou ao escritório imediatamente.

– Eu disse ao senhor que não era escritor, rebati, um tanto acima do tom, para responder às frases grosseiras com que ele me recebeu, aos berros e sem nada do constrangimento que demonstrara ao telefone, talvez porque, entre o telefonema e a minha chegada, tivesse estado com o advogado.

– Mas você também disse que gostava do conto, acalmou-se ele.

– Eu disse que gostava menos depois que o reli. Eu não sei o que pensar, Senador. Eu não fiz de propósito. Eu escrevi aquele conto com sentimento, depois de um momento de muita emoção. E me deu um trabalho enorme.

— O pior é que eu não posso nem despedir você, porque, aí sim, fica evidente que foi você que escreveu aquela droga.

— Não é droga, Senador. O senhor me desculpe, mas não é droga. Estão fazendo politicagem em cima do meu conto e o senhor sabe disso. É alguma coisa que escapa da Literatura e da nossa relação de traba...

— *Seu* conto, nada. *Meu* conto. Sou eu que vou ter que assumir essa porcaria e explicar que é tudo intriga da oposição. Afinal, tudo é intriga da oposição mesmo. Até quando chove. Se fosse um discurso, ou um artigo, ou uma conferência, não tinha problema. Todo mundo sabe que todo mundo usa *ghost writers*. Quando a gente não gosta do que eles escrevem, basta despedi-los, sem fazer escarcéu. Mas como é que eu vou explicar que usei um *ghost writer* para escrever uma coisa tão pessoal, uma obra literária? Vai ser um escândalo muito pior. Um vexame.

— Eu também acho, Senador.

— Só que eu não te perguntei nada.

— De qualquer jeito, o senhor pode me despedir.

— Você se lembra? "*Il n'y a que les sots qui donnent leur démission*", arranhou ele, num francês horrível. Foi você que me citou isso um dia, e eu gravei. Só não lembro de quem era.

— É do Stendhal. Eu não estou pedindo demissão. Estou dizendo que o senhor sempre pode me mandar embora, se está tão aborrecido. Eu cumpri o meu dever e com dedicação, mais até do que seria exigido. Tenho a consciência tranqüila. É tudo intriga. Eu não tenho nada a ver com isso. Eu lhe disse que um conto era demais para mim e o senhor assim mesmo mandou que eu escrevesse, sem me dar nenhuma orientação, como fazia nos discursos. A cabeça da gente tem limites. E eu sustento que não houve plágio – acrescentei, com a voz alterada, porque não tinha certeza do que estava dizendo.

– É, talvez você tenha razão. Foi um capricho idiota da minha parte. Não sei o que me deu. Agora chega. Vou mandar soltar uma nota e publicar um anúncio naquele jornaleco de borra. Escreva a nota. É um modo de se reabilitar.

– Claro, Senador. Eu soube que *A Semana* vai publicar qualquer coisa a respeito naquela seção de variedades e personalidades. O senhor não acha melhor a gente falar com o "nosso amigo" de lá?

– Pode deixar que eu falo. Você faz a nota, e bem feita, e pronto. Você já me deu problemas demais.

Agradeci e fui saindo. Quando estava à porta, voltei-me.

– Senador?

O homem já estava de oclinhos, mergulhado em uns papéis.

– O que é, agora?

– Eu queria que o senhor me dispensasse por um tempo de ser o seu *ghost writer*. Acho que eu estou muito esgotado.

– Isso quem decide sou eu. Vai trabalhar, vai. Chama a minha secretária. E fecha a porta quando sair.

— XVIII —

Quando vim parar aqui entre as paredes brancas deste Hospital, não pensei que fosse demorar tanto tempo para sair, mas a tosse a princípio seca, depois mais encorpada, que me acometeu alguns meses após aquele episódio infeliz do conto escondia, na verdade, algo mais do que uma profunda estafa de anos de trabalho alucinado e vida desregrada, não tanto por excessos de boêmia, mas, antes, por abuso da resistência física e moral, por falta de cuidados com a alimentação, pelos extensos períodos de insuficientes horas de sono, pelo próprio cansaço acumulado, pelo desgaste de uma dor prolongada e inconsciente, que se mitigava em sublimações e somatizações.

Um dia, por fim, dei mesmo sinais de extenuação, precipitada talvez pela triste combinação de uma fase de intenso e esgotante trabalho criativo na agência e o crescente ostracismo em que o Senador me colocou, em razão do episódio do conto, que acabou por esfriar de vez as nossas relações (ainda que não tenha tido maiores conseqüências do que o constrangimento em que se viu imerso, por duas ou três semanas, o meu chefe, e que o deixou em humor intratável). Além disso, estando o Governo próximo ao final, o Senador começou a recolher-se, preferindo usar a velha fórmula de defender-se das acusações que pesavam contra ele com o silêncio, já que não podia mais, como no passado, calar as críticas e transformar notícias de imprensa em receitas de bolo ou estrofes de poetas renascentistas, como ocorrera com alguns jornais em tempos para ele saudosos. O próprio Senador me confessara em algum momento que, naquele tempo, mais de uma vez, havia conseguido sustar a publicação de comentários ou notícias pouco alentadores a seu respeito, chegando mesmo a "apavorar" um daqueles irrequietos cronistas sociais de província que tentara noticiar, como gracinha inocente, uma gafe que o Senador cometera em uma ocasião social. A segurança nacional, lembra-me bem tê-lo ouvido dizer sem qualquer constrangimento, também protege a honra e os negócios dos que eram "fiéis ao sistema".

O trabalho da agência só fez crescer, mas uma remodelação do setor de criação havia tornado secundária a minha posição e devolveu-me à tarefa mais bruta e exaustiva de redigir textos. Embora por um tempo guardasse nominalmente o cargo esvaziado, outro sujeito, tirado de outra agência a peso de ouro porque era um dos nomes mais cotados no ramo, ocupava o lugar efetivo de Diretor de Criação. O golpe doeu-me, reconheço, mas não o acusei de imediato porque a princípio, envolvido no meu trabalho, nem percebi; quando me dei conta, não quis reagir, achando normal que aquilo ocorresse, ainda que fosse injusto, porque me parecia uma conseqüência natural do episódio em que estivera envolvido; e, quando achei que era tempo de reagir, em uma das raras oportunidades em que pude falar a sós com o Senador, que nunca mais me chamou para escrever qualquer dos seus textos, ele disse que havia feito uma reavaliação da estrutura da agência, junto com o Diretor-Vice-Presidente, e preferira reforçar a equipe com outro nome, contratado com um salário régio no mercado publicitário. Ainda quis argumentar que nunca antes se tinha notado a falta daquele tipo de colaboração, porque nós éramos uma equipe experiente e coesa, ganhadora de muitos prêmios, mas ele não me deu muito tempo para elaborar. Agradeceu-me, eu não soube bem o quê, e dispensou-me com um gesto de enfado.

Fiquei uns instantes, ínfimos, mas quase eternos na sua dolorosa realidade, parado, de pé, em frente àquele sujeito que me havia sugado o pouco de vida inteligente que me restara depois de tantos anos de alienação e de vivência perdida e errática; quase me vieram lágrimas aos olhos, mas resisti, abaixei a cabeça e saí devagarinho, deixando a porta aberta.

Passou um instante e o Senador me chamou, com uma voz que me pareceu conciliatória.

– Ei!

Voltei-me, com um aperto no coração e um ligeiro tremor, uma esperança, a determinação de fazer um arranjo, qualquer arranjo.

– Sim, Senador?

– Fecha a porta, por favor.

— XIX —

Tenho tido muito tempo para refletir, aqui. Leio muito, também, sobretudo de tardinha, depois de fazer o meu passeio a pé pelo pequeno bosque que circunda o Hospital. Acho tudo isto uma ironia, que jamais poderia ter antecipado quando lia os meus escritores românticos e me impressionava, meio ressabiado por causa da minha asma, com aqueles destinos ceifados por uma doença que acabava interpretando quase como mera criação do espírito de uma época, em vez de vê-la como um fato sanitário – e social – gravíssimo, como é neste país que, de tantos doentes e desdentados, faz parecer que nos tocou alguma maldição bíblica esquecida pelo Velho Testamento.

Recebo algumas visitas e muita correspondência, porque continuo um apaixonado escritor de cartas, acreditando no íntimo que talvez um dia elas serão lidas por mais alguém além dos amigos e parentes a quem procuro homenagear, intimamente, com esses exercícios esforçados de escritura cheia de emoção. Algumas das pessoas a quem tenho escrito, com grande e melancólico prazer, foram moças que povoaram o meu mundo dos amores impossíveis. Estão casadas, têm filhos, devem estar meio matronas, com poucos resquícios daquela beleza que me seduziu a alma e, agora, só desperta uma sensação de prazer intelectual pela aguda percepção estética que, afinal, se misturava àqueles sentimentos de dor e privação. Poder falar-lhes hoje com franqueza, com este sentido de distância do mundo que me dão estes muros alvos, é uma sensação nova para mim. Quem dera pudesse ter sido assim com alguma delas, em vez de me ter desesperado em busca de impossíveis, quando a realidade era tão clara nos seus limites, no meu corpo franzino, nos meus dentes fora de lugar, no pequeno mundo em que nasci e cresci, na minha vila de casinhas com fachadas como de Volpi, eternas no coração da minha cidade.

Não sei o que será do meu emprego quando eu sair daqui, mas não estou muito preocupado. Sempre haverá lugar para um bom redator de publicidade. De qualquer forma, ganhei tanto dinheiro ao tempo em que trabalhei para o Senador e para aquela que ainda hoje insisto em chamar de *minha agência*, que não me preocupa muito o futuro nos próximos dois ou três anos. Talvez eu viaje para algum canto desta América, em busca dos meus próprios passos perdidos. Talvez volte à Europa para tentar realizar os sonhos de adolescente e seduzir uma mulher em cada esquina. Talvez vá finalmente dar aulas no ginásio, lá na Ilha aonde costumava ir, que sempre me pareceu que fosse o mais nobre que eu poderia fazer.

Não sei muito bem o que vai pelo país. Desinteressei-me de acompanhar o dia-a-dia monótono dos jornais. O pouco que sei, porém, me é suficiente, porque a mim, que nunca fiz nada lá fora, que vi o mundo passar tal Carolina na janela, não será dado mudar o curso da História, muito menos daqui de dentro. Tive poucas notícias do meu Senador. Ainda era Ministro quando entrei aqui e foi Ministro até o fim. No dia em que o Presidente deixou o Palácio pela porta dos fundos, momentos antes da posse do seu sucessor civil, chegaram a dizer que ele estava no grupo que saiu nas três limusines pretas que deslizaram furtivamente em direção ao aeroporto; mas o certo é que, naquele momento, o Senador estava participando da posse presidencial no Congresso Federal, na condição de um dos líderes da nova oposição. Hoje, eu, que bem conheci o Senador, sei que deve estar negociando a sua mudança de partido, porque a sua especialidade não é fazer oposição, mas sim jogar o mesmo velho jogo de cartas marcadas de sempre, ainda que temperado por um gosto de liberdade no ar que talvez o leve finalmente a apertar a mão de boiadeiros e retirantes. Mais algum tempo e estará outra vez "no poder", quem sabe para quê, quem sabe por quê.

Sei que a loira-da-carta o deixou, mas não vejo nisso nenhum sinal especialmente eloqüente dos céus, nem nenhuma punição cuja exemplaridade se perderia pelo mau gosto. Deixou-o porque era uma oportunista, que se aproveitou enquanto pôde do sedã europeu com chofer e das viagens, e depois se foi, levando consigo a mais perfeita, a mais sentida, a mais festejada das minhas declarações de amor, a única que de fato, objetivamente, deu resultado junto a uma mulher de sonho e ilusão. Se um dia eu encontrar essa mulher e souber resistir à enorme atração que ela certamente exercerá sobre mim, vou contar-lhe a história daquela carta, não por qualquer ânimo de vingança barata, que me acho agora acima de tudo isso, mas para ver se consigo recuperar o meu texto para, quem sabe, aproveitá-lo mais uma vez, numa dessas passagens da vida. Não posso esquecer de apagar o símile pernóstico que o Senador lhe acrescentou de próprio punho e que comparava os olhos verdes da moça com o mar do Caribe. Gosto muito de Carpentier, acho que Cartagena de Índias deve ser um lugar de sonho, que nada combina com a areia cor de sal como a beleza morena dos habitantes daquelas ilhas mágicas, mas tenho o direito de recusar qualquer adição. Afinal, era minha carta.

Não sei se eu escreverei romances. Nunca resolvi direito o meu dilema sobre a importância de se escreverem novos livros quando há tantos, tão bons, que não são lidos como deveriam ser. Em uma época sem ideais, a não ser os do consumo e do prazer, e em que a dor e a miséria humanas não nos tocam mais nem de longe o coração, para quê fazer Literatura? Como escrever se, além de tudo isso, deixei passar ao largo até a história anônima das ruas do meu país?

É. Afinal, não sou mais o menino de treze, quinze anos, que buscava a glória por meio de um pedaço de papel em branco que se ia enchendo de palavras soltas. Demorei muito até saber que eram soltas porque eu não tinha nada a dizer. Talvez seja um bom sinal. Talvez ninguém sinta mesmo a falta de livros novos – eu, muito menos, até porque eles não serão necessários no futuro de dolorosa mediocridade que me espera ao sair daqui.

Washington, 1988 / Paris, 2000

markgraph
Rua Aguiar Moreira, 386 - Bonsucesso
Tel.: (21) 3868-5802   Fax: (21) 270-9656
e-mail: markgraph@domain.com.br
Rio de Janeiro - RJ